◎ **小 书**

本名邵小书,青年诗人。浙江省作家协会会员,入选浙江省"新荷计划"人才库。诗歌发表于多种文学刊物,或被收入多种诗歌选本。

我们要
相赠的未来

小书 著

宁波出版社

序 一

面向此在与觉知的写作

◎ 沈 苇

存在一种可以相赠的未来吗？或者说,未来又如何相赠？通读小书的第一部诗集《我们要相赠的未来》,这个回答是肯定的。对于人性,对于生活与诗歌的可能性,既不过分乐观,也不彻底绝望,只是客观地肯定,耐心地期待。接纳、理解、体谅、包容……一种"赠人玫瑰,手有余香"的相赠,一种对于诗的"尘世宗教"功能的信心,朝向"回归流体的本质 / 安静缓慢地被匿名"(《晨雾》)的未来……我相信,这是基于小书对"诗与爱"的一种基本信念,"要相赠"其实就是"要相信",在说过太多的"不"之后,毫不犹豫地说出"是"。尽管她写过"平淡的日子本来就是严峻的"(《疲惫》),"有多少人大于枯萎小于死"(《倾斜》)诸如此类的句子,有时陷入"我因为爱而恐惧"(《爱人》)的境地,但仍然期望成为一个里尔克意义上的"爱者",埋下爱的种子,让爱

与自己一起奔跑,历经艰辛险阻,抵达卡尔维诺《未来千年文学备忘录》中所说的"轻"(轻盈):

> 一粒爱着的种子
>
> 在爱中奔跑
>
> 它把声音和房子都忽略了
>
> 在奔跑中
>
> 一切都失去了实质和重量
>
> ——《在爱中》

"在爱中",构成这部诗集的基调、语感、口吻,以及人与世界的基本关系和法则——万物都怀有朦胧的渴望,等待我们的倾听、发现和命名。我没有问过小书,诗集名称是否受了里尔克的启发,因为里尔克写过"我们陌生地度过的一天/已决定在将来化为赠品"这样的诗句。与诗集同名的小长诗《我们要相赠的未来》显然受到里尔克《杜伊诺哀歌》的影响和启发,是一首致敬之作。"天使""爱""危险""虚无""孤独""隐忍"等反复出现的语词,均有哀歌隐约的修辞色彩,如同某种遥远回声的个人化转述,十个章节也对应十首哀歌。如果说里尔克的哀歌是对生命、死亡、苦难和历史等的系统探讨,通过神祇的宇宙幻觉向时空永恒秩序中的天使祈求一种完美的意识、强力的实有和存在的真谛的话,小书的"微型哀歌"则具有更加个人化的尘世色彩，是沉思、祈祷和絮语，是"天使在人间"，是捕捉到的大哀歌的一些闪光的碎片。"内心的矛盾拉扯我们／使两个人变成四个人"，这喻示着我们生活中的矛盾、悖论和困境，当"两"变成"四"，就是一种心碎了。然而还得"秘密地节省起这些心灵奢侈物"，因为"生命是一条激流"，要去"建立一种内心秩序"，这是一种觉察；"我们失败了／但还得继续生活"，这是一种了悟；而结尾，"生活烈烈的感受吹向我们／渡过去／就是我们要相赠的未来"，则化为一种行动。"渡"——佛家的"度他""度人"是伟大的，是常人难于企及的修为，而小书诗中"你我并置"的一体性，已具有首先"度己"的思想。

大体来说，《我们要相赠的未来》中的时间观仍是线性的，时间／生命是一条激流，从"现在"到"未来"是一种"渡"。但整部诗集的四辑——"我们要相赠的未来""原谅我没有如此深情""什么都没有发生过""我的故乡下雪了"所构筑和透露的时空观，是开放的、宏大的、辽远的，同时也是内外交互的，更接近艾略特巅峰之作《四个四重奏》中的表述："过去的时间和将来的时间／可能发生过的和已经发生过的／指向一个目的，始终是旨在现在"(《烧毁的诺顿》，张子清译)，裘小龙将最后一句译为"都指向一个终点，终结永远是现在"。我想，"终点""终结"与"现在"并不矛盾,因为艾略特还写过"在我的结束是我的开始"(用于他的墓志铭),"终点"在某种程度上恰恰是我们的开始。小书写道:"悲哀结成了果实并坠落/走向终结就是走向新的开始?/在时间的空旷中曾经闪烁着自由/如春天滋生的绿叶是虚对实的安慰?"(《这个迂回曲折的春天》)"也许未来某一天,今天的某个片段还会被突然插播/这真无法预料"(《我该爱上一个诗人》),将"终结"审慎地视为"新的开始",将"今天"内置于"未来",年轻的小书对时间是敏感而善于思考的。经由"时间之歌",她的写作进入了"此在",体现出对"此在性"的深刻觉知。

"此在性"是时空交会的一个立足点,也是一个人漂移、变幻的原点和原乡,故乡、性别、语言和死亡都是我们随身携带的。女性身份也是一种"此在性",一种不嗔不痴的"此在性"。对于男性的认知,小书语出惊人:"对于我,男人是个棘手的动词/理性告诉我它总是充满各种歧义"(《长夏将尽》)。这里面,没有怨怼和"古老的敌意",而是透露出一种通达,还有一些幽默。——好吧,如果男人是动词,女人就是名词,正如男人有较多的动物性,女人则有更多的植物性。小书还声称"我是沉默的女人,引来雨水"(《长夏将尽》),而"我"呢,是"昨天的我今天的我明天的我"的一个聚合体,"你"派送"我","在球形的幻觉中你也派送他们"

(《球形幻觉》)……这一性别认知和女性身份认知,不含有女权主义和原教旨主义色彩,是一种达观,有时还带点宿命论:"我是一个俗世的母亲/我也是一个俗世的妻子/……或许保持痛觉是俗世给我的完美礼物/为了感激,我执着于偶尔扮演一个诗人/这或许就是我被诅咒或祝福的命运"(《女诗人》)。这种"宿命论",并非消极对抗和两性对立的代名词,做一个诗人与做一个母亲、一个妻子、一个女儿不可截然分离,"诅咒或祝福",都是需要认领的命运。

猫和镜子,是小书诗中经常出现的意象,成为一种象征化的对应物和神秘的女性镜像。"像猫一样睡觉""像猫一样在房间里走动""像猫一样来回拨弄一个毛线团""像猫一样赖着一个柔软的人",而后"像一些影子移向一个人的梦里"(《像猫一样的女人》)。猫性即人性,确切地说,更接近女性之人性,具有神秘性和日常性。当然,猫性还具有一种平静的智慧和柔软伸缩的特性:"你的猫站着/发出轻盈又饱满的双元音/眼神中有单纯的智者的平静/它又挪动身体/迈着优雅的步子/它在纱帘后面的窗台上缩进自己的命运"(《你的猫》)。波德莱尔曾在《巴黎的忧郁》写过中国人在猫眼睛中看时间,里尔克则在《给一位朋友的安魂曲》中这样写到镜子——"你让自己走进(镜子)/只留下你的凝视;赫然地,它留在镜子前,/并不说,那是我;而说：这是。"小书同样在镜子前徘徊，但不自恋，很少顾影自怜，在她的笔下，镜子作为"虚像"介入日常，是一种自我凝视、自我关照，有时令人茫然、惆怅："每天早上／我们从镜子里预支一天的自己／睡前／又对镜子里的人说晚安／……幸福是永恒的虚像／是一种迷雾／我们被深深吞噬"（《我们要相赠的未来》）。但镜子也是警觉和提醒，更是一种致幻后的觉知："我在夜晚的镜子里仔细回望现实中的自己／……这空乏的真实／是被致幻后的觉知"（《时间的猎物》）。

基于此，小书对女性写作有着自己清醒而独到的认识。她在刊发于《江南诗》的创作谈《写作是我为自己找到的"树洞"》中写道：

> 当然，作为女性，我的诗歌必须也无法避免地从女性本身出发，用女性的身体、感官感知这个世界，反映、书写女性视角的看见、思考、经历和体验。有人说，"现在女性的诗歌写作缺乏社会意识"。我不以为然，女性当然有权利从身体出发，以诗歌的方式呈现女性存在状态的标本，女性是人类的部分，是无数个个性组成的"共同体"，所以女性的也是人类的，社会的。但我明白他们要说的"女性写作"的那种欠缺，女性往往容易陷入狭隘的女性经验，浅层的对表象的叙

述和自身小情绪的抒情,且同质化倾向非常明显……与之相对的是男性写作也容易陷入对生活日常、自然环境的扁平叙述和浅层哲思,如何避免陷入这种写作窘境是所有真正追求诗歌写作的人都要警惕的。

这种警觉而敏锐的认知是非常好的,有利于摆脱女性写作中容易出现的自恋、情绪化、极端个人化、性别对立、自言自语、尖利、偏执等"幽暗意识"的陷阱,从内心不断导向外部世界,导向"世界无限多",并且消解两性对立的紧张感和狭隘认知。要知道,对女性身份的适度淡化也是女性写作的一个方向,甚至是坦途和大道。诗,本身就是阴阳交合、刚柔并济、雌雄同体的产物,女诗人能写出"豪放"的诗,男诗人也能写好"婉约"的诗,这样的例子,在中国文学史和世界文学史上并不鲜见。小书用她的写作消解敌我之间、两性之间、人与世界之间的种种紧张、对立和纷争,强调同处共存,事实上把诗歌导向了一种"和解",并视诗为祈祷、祝福和信仰。《安息》一诗,只有短短四行,十分打动我,有场景感和画面感,更重要的,是写出了一种冷峻的客观性——蛛网上,水蜻蜓之死,将"敌我""敌意"置于安息或和解:

我房间天花板的蜘蛛网上

安息着去年夏天来访的水蜻蜓

每当我仰起脸就看见它舒展的尸体

安静地躺在敌人的床上

  小书生于黑龙江,结婚后来到丝绸之府、鱼米之乡的浙江湖州生活、工作。这种地域变迁是大跨度的。南人北上、北人南下,自古而然,带来文化的交流、碰撞、融合,这是从大的范围来讲的。具体到个人,又是各各不同,迁徙者既是漂泊者、撕裂者(我称之为患"地域分裂症"者),也是弥合者、受益者,个中滋味,定然百感交集,不可大而化之、一概而论。从地舆学角度分析南北差异,鲁迅说"北人的优点是厚重,南人的优点是机灵"(《北人与南人》),梁启超在《中国地理大势论》中说"长城饮马,河梁携手,北人之气概也;江南草长,洞庭始波,南人之情怀也"。两人都在文化上论述了大概和大势,却未能细察到具体与个体。但,倘能将鲁迅所说的"厚重"和"机灵"、梁启超所说的"气概"和"情怀"(梁的另一种表述是"诚"与"气"、"外在化"和"内在化")有效结合起来,化为己有,化为自己的个性与风格,无疑,对于我们今天的写作,对于整个中国当代文学,仍具有重要的启示意义。

  诗歌的"原创"和"命名"具有一种贯通南北东西

的巨大能力。地域变迁,也可视为小书漂移的"此在性"。它是切身的,具体而微的,是"偶然"造就的"必然"。同时,地域变迁带来语言的改变、写作主题的拓展,以及个人内心的重建。"在他乡建设故乡",说起来容易,做起来其实挺难的,这关涉到一个人的境遇、自觉、意志力、融入意识等等。艾略特说,"家是一个人的起点(出发的地方)"。小书出生的东北村庄,"那里万物生长/听命于卷心的农历"(《我的村庄》),"卷心"一词富有令人咂摸的深意。她称自己的南迁是一种"种植或移植","江南多水/在我体内充满液体/但我不茂盛/生长得漫不经心"(《种植或移植》)。种植或移植,都是一个慢过程,急不得,需要耐心和期待。兰波说"生活在别处",在扎根他乡的缓慢过程中,诗人有时称自己是异乡的"囚徒",得了"慢性的怀乡病"(《北方的冬天》)。

《北方的冬天》和《水的国度》这两首诗是可以对照来读的,一北一南,呈现出鲜明的地域和文化差异,将客观情形转化为内心的矛盾、困惑和冲突,同时怀着一种强烈的弥合的渴望:

北方的冬天早早地来了
深邃的蓝铺满了整个天空
像我们高远的孤独不着边际

……………………

而你在浪费我

慢性的怀乡病

克制过度的厚道

你沉默犹疑的爱

在深虎皮纹色萧索的大地上

略带哀伤地翻滚

　　　　　　——《北方的冬天》

我应该是宿命的江南女子

有江南的面孔和水的性情

水

教导我顺从

往低处流

专心弥合更多的沟壑

在静默和喧响之间徘徊

临近并不断抵达人世之岸

它日日夜夜洗刷我的忠诚

并不断送来新的黎明

　　　　　　——《水的国度》

小书的迁徙是从"雪国度"到"水国度"的迁徙，小书心里和诗中的冲突是雪与水的冲突。与张曙光、桑克、潘洗尘、冯晏等东北诗人相似，小书诗中飘飘洒洒着纷繁的雪的意象。《下雪了》《雪人》《内心总是一片白》《不能再多了》《我的故乡下雪了》等大量作品，以及写给父母的几首动情的短诗，都充盈和飘扬着雪的精灵和精魂。在《下雪了》中，诗人问："雪／是上帝模模糊糊的沉思吗""所以不必有家／不必留恋什么／不必有思想／它仅仅是絮絮叨叨的一片白"。她同时感到，故乡在下雪的时候，"像在想念我"（《我的故乡下雪了》）。《内心总是一片白》写了一个化雪的春天，使诗人"更加贴近一片雪的灵魂"。在这里，小书变成了一个雪的崇拜者，类似《红楼梦》结尾"落了片白茫茫大地真干净"，类似帕米尔高原上塔吉克人琐罗亚斯德教信仰中的"白色崇拜"。如此，在经历了太多的沉思和哀伤之后，诗人才能唱出轻松愉悦的雪之歌谣：

  雪人，你是唯一的神还是无数的自己
  雪人，人间轩敞，去路狭窄
  你介入并中和我们

  雪人，你使我们偶尔清醒

擅长上升或滑翔

雪人,我是新的了

——《雪人》

    这里的雪人,已是江南身份了,是"意外的水的织物"。与嘎嘎冷的东北相比,江南少雪,但足以塑造孩子们热爱的雪人。雪与水的冲突直至已开始转化,当雪融化为水,尽管诗人说自己"属性模糊",但新的情愫、新的生活已开始缓缓流淌,一颗心也慢慢变得安静了——"雪国度"住居并融入"水国度"里去了。江南无处不在的水,是一种巨大的弥合,一种深沉的不事张扬的力。与此同时,雪与水的转化是双向的、交互的,雪可以继续保有它的本义,因为它是另类的"水织物",同样具有"介入"与"中和"作用。雪向水的转化,以及雪与水的相互融合,非但是地舆和文化意义上的,更重要的是个人意义上的,它是嬗变和更新,意味着一种"自我新形态"的出现,标志着一个"新我"的诞生。雪与水,都是弥合、净化和动能,契合"日日新"的古语和教诲。如此,诗人才能向一个可爱的雪人倾吐自己的心声:"我是新的了!"

    雪的意象,来自天空和高处,有力开拓了小书的诗歌空间。当代诗歌写作中,有"大地情结"的作品不少,但有"天空意识"的并不多见。小书诗歌中是有"天空意识"的,她认为"生活是一片旷野／但我们缺乏认识它的经验"。所以,我们需要天空的安慰。因为"天空是心形的",天空不是空无,而是我们可以将心比心的一种实有。在那里,"爱的不同层次"总在涌现,"向下繁殖一种感觉",将我们四顾的匮乏和苍茫,都变成"膏腴之地"(《有时我们被天空安慰》)。月光也是天空之物,带来慰藉和救赎:"月光会解救我们／用一种秘密的模糊的清晰"(《中秋的月亮》)。可以看出,小书努力将自己的写作置于东方"天人合一"的理想图景,也置于海德格尔"天地人神"(天空、大地、短暂者、神圣者)的四元结构,在她作品的潜在背景中,有一个隐隐约约的"宇宙模型"在无声地运转、加持,觉知到"在半梦半醒之间,一个巨大的世界正在运转"(《死亡的阴影》),自我和个人,只是一个小小的"容器",时空中还存在一个大的"容器":"今天／上帝从他的容器里为我分发了眼泪"(《絮语》)。

"天空意识"是一种"大",或者说是对"大"的一种眺望和仰望,但并不意味着对"小"的无视、拒斥和驱逐。恰恰相反,小书对"小"的事物同样一往情深,充满体恤、领悟和尊重。在"永恒的死的荒原"上,她关注一只鸟的死亡,关注它如何接受它的死亡,并抵达"生的荒原的彼岸":"生是囚禁／死让它有了更高的自由／／'让鸟碎成沙子',你说／所有的死最后都碎成了沙子"(《遇见一只鸟的死》)。她用诗给朋友写信,描述去看红蚂蚁的经历:"我现在想/我要做草丛里的红蚂蚁/比做房子里的黑蚂蚁好/你说呢"(《去看红蚂蚁》)。她把自己变成一个住在小小灯芯里的女人,与黑夜捉迷藏,"讲述一个女人的妖娆/和一只蛾子的死亡","唯有一个妖娆的女人正使黑暗/发出回响"(《灯芯里的女人》)。在她看来,地域性的"南北交融"仍是不够的,更希望做到"大"与"小"的交互并置,如同将惠特曼和狄金森混为一体。

小书的诗歌,着力于生、死、爱、孤独、时间、虚无、救赎等重大命题的思考和书写,在一个大的时空维度下,展示出"世界无限多"的差异性风貌。她说"孤独这件法袍/我裹着/有个叫灵魂的东西/在它下面忽闪"(《假日午后》),但她的诗歌并不"忽闪",而是果敢、利索,内省而警觉的,沉思与敏识兼具,同时向内、向外。向内时,她不断深挖,犹如一次次的自我搏斗,视主体为客体、为矿藏,要挖出水晶钻石、稀土金属,直到触动内心深处的呢喃、低语和祈祷——一种沉思性的"絮语风格"。女性的温婉细腻与男性化的"粗线条"也得到有机融合。她是一个自我警策的诗人,喜欢在诗中嵌入自撰或引用的格言和祷词,这也是一种自觉,视诗歌为"言之寺"的自觉,并产生一种"复调"效果。一方面"向内启蒙",一方面又同时向外,朝向大地与天空、生活

与日常,充满耐性与持守,期望突破各种预设和固化的"边界":

> 天空就这样变换着低下来
> 云被驱逐成虚幻的国度
> 就这样在高处完成对人间的仿制
> 好像人间是如此容易的
> 非物质的
> 好像我们所有的认知和意识
> 在我们头顶盘旋
> 一场又一场,又散成空无
> 笼罩我们的是自己的阴影?
> "上帝创造的只是世界的雏形
> 他留下的只是废墟"
> 我们是没有边界的雏形
> 闪烁在虚空中?

上引《我们是没有边界的雏形》一诗写得出色,虚实结合,主客交融。"雏形"是一种生长、一种未完成,具有超越"虚幻""虚空"和"边界"的勇气、意志力,这首诗写出了生活的可能、创造的可能。诗人常常是一个矛盾混合体,并在矛盾中拥有神奇的张力和激活的自省。已经"北人南相"的小书,既希望跨越各种有形无形的"边界",又含蓄道出写作的终极是回到"沉默",因为"沉默是我们献给时光的和声"(《亚光速飞船》)。

是为序。

2022年10月25—26日于杭州钱塘

(沈苇,浙江湖州人,浙江传媒学院教授,中国作家协会诗歌委员会委员,鲁迅文学奖、华语文学传媒大奖获得者)

序 二

当下即未来，一切皆心造

◎ 姜　超

约二十年前，我曾撰文写下："稚子般的晓书潜心诗学，头顶纯洁的雪花，从遥远的黑龙江一路行来，沿途留下一排在他乡思索的足迹。"彼时，那位黑龙江畔求学的写诗者署名为"晓书"。及至眼前，一部署名为"小书"的诗集《我们要相赠的未来》破空袭来，叫人心涌沧桑。世间彩云易散琉璃碎，但恒常不变的事物与人也可窥见。一样的云心月性，不一样的岁月镜鉴，我所熟悉的诗人小书笔底烟花灿烂，清洁的精神在诗行间随时以行，眉目朗秀而顾盼生姿。

一、头顶雪花的童话世界

这部诗集的第三辑多为旧作，是她大学毕业前后日常的心灵之火。求学的晓书于红尘中的净土、闹市里的憩园萌生于无限诗情。彼时的晓书曾表达过这样的写作观念:"打开一扇门,就在门里,我的句子安静地出发了。"晓书首先推开的门,是一个干净无瑕的童话世界。童年经验是一眼取之不尽的深井,晓书以童心瞩望世界,才可能启齿扬芬,使风姿华彩自然呈露。"很想很想住进一个童话的世界/那该是个飘雪的夜晚/空气被冥蓝的色彩浸染/雪房子在空间的远处显现/还有灯火点点/透过雪树与繁星眨眼/你是否感到神秘的温暖/是否愿意踏一串脚印走进它/跟在我的脚印后面。"晓书的第一首诗《住进童话》并未收进本诗集,但全诗充盈着可爱的拙稚与迷人的单纯,尘世的温暖几欲扑面而来。此时的晓书保持着婴孩状态,词句朴实无华,毫无矫揉造作之态,人与自然的界限也在笔下逐渐缩小,其艺术化的童心就是诗歌的孪生姐妹。"小S,你说得对/要有一颗童心/要像孩子那样想事情"(《去看红蚂蚁》),清水中的芙蓉自有天然去雕饰的美,晓书少女时期的诗歌给人的第一印象就是清澈、单纯。她眼里的世界是一个蓝晶晶的清明、温馨的世界,让读者感觉诗人重建了一个甜蜜而崭新的现实。淘洗尘埃,澡雪灵魂,晓书的眼睛似不揉沙子,铸情运思总是志在寻觅纯粹及其美学的形式。

"除了微笑/我不想把握什么/就像一些错误/已经勇敢得不需要原谅"(《尾声》),从诗的蕴涵,不难看出晓书不是躲避困厄,而是故意淡忘尔虞我诈、锱铢必较,我想这应是一次艺术的降格处理。《我们来说些简单的事情》的第一节有很强的典型性,"我们来说些简单的事情/说说这个多雪的城市/和秃树丫上乌鸦动听的叫声/说说我怎么不小心/就把乌鸦写成了鸟鸦"。此诗描摹的似乎是一对情侣在情感上的冲突,其中"说说我怎么不小心/就把乌鸦写成了鸟鸦"一句,抽断的是两个人相处时言不由衷的状态。这样的诗句子有朴素、敏锐的表现力,容易接近事物的本质。

赤子之心观万物,自然有穆如清风的诗语,必会有盈盈秋水、淡淡春山的精神世界溢于字里行间。"我感到植物的苏醒/感到春天在左耳上开了满园(《我在自己的左耳中间穿洞》)",虚实分写,以主客二分的艺术装置缀连实像、虚像;"我枯萎了/像植物好久没有喝水"《我不做你的情人》,则以实像涵虚,融情入景;"我觉得姥姥家的粮囤像坟墓/埋了姥姥/也将埋了姥爷"(《粮囤》),则是虚实相济,情藏景中的隐喻十分巧妙。她致力于随物赋形,将无形的概念变为有形的具体。故此,晓书获得了珍视词语的分寸感、驾驭语词的控制力。

初涉诗海的晓书是敏感细腻的,眼光掠过凡俗的事物,试图追索世界与人生的未知部分。"等待黄昏点燃潮湿的身体/然后写下宿命　雨　黄昏",迷茫的青春更容易抒写青春的迷茫。在数字化的浅表时代,晓书迷茫的心事苍茫难解,物质世界的沉浮与精神世界的错

位,迫人思虑,迫人挣扎。一切,让我油然想起穆旦的名诗《园》的一节:

> 当我踏出这芜杂的门径,
> 关在里面的是过去的日子,
> 青草样的忧郁,红花样的青春。

二、心灵的务虚笔记

此番细读小书的诗作,她的诗学观念的重大变化让人讶异。那些认真严肃的诗篇,不再是年少时的自在飞花,它们如精严的心灵务虚笔记,铁画银钩描绘着现实世界里当代人的身影。诗作中的具象与思考多了起来,正如她所经历的生活一样。她从前的诗轻盈光洁,而今有了沉重的肉身,但这俗世的肉身里总涌动着向上飞升的思绪。试以诗作《夜晚的樱花》为解剖之雀,来感知小书诗歌的精神之维:"夜晚加深多数事物的困意/只有外环东路与新华路交叉口的/几株樱花醒着/路灯的光像某种智慧/照耀着它们",暗黑的"夜晚"与轻盈的"樱花""光"相对照,沉溺与超拔之意共存。看似波澜不惊,实则万蚁噬心,小书的诗作将生命不能承受之重予以降格处理,在看似轻盈的同时释放生命的本真。她以轻盈写沉重之思,用枯瘦来表现情感的丰腴。轻盈,绝对是一种观物方式的植入,它将引领作者反思写作而不敢轻易落笔;它也是一种艺术的言说方式,用遮掩来突出,用省略来增添。

以诗布道,或以诗证道,诗的发展之路上不乏实践者,我国就有禅诗一脉的流传。不过,我却认为小书的新近诗作并不是在延续古老的言志载道传统。一个深具现代意识的诗人必须介入公共视野,将个体经验表达为现代意绪,这才是打开现代诗歌的正确方式。诗当然可以承载思想,但现代诗歌不是某种理念的刻板证明。现代诗的价值早已迥异于中国古代诗歌,它有时恰恰表现为一种形象化的现代艺术思维。《疲惫》一诗中的意绪是现代人才有的:

> 我们总觉得自己的疲惫高于群体的疲惫
> 其实平淡的日子本来就是严峻的
> 日渐衰败的人
> 我其实和他们没什么不同

小书的诗歌中总是有一个过客的形象,其心理状态无限接近海德格尔所说的"此在"在世的整体性精神状态——"烦",即在世的"沉沦"。此诗痛彻心扉,展露无遗地呈现了某些个体的心理状态,出自人所共之的个体认知——生命是一个过程,而追求结果的人可能会丧失幸福感,一遇到挫折就觉得全世界最不幸的人是自己。诗作《种植或移植》则将现代人缺乏"在家感"的感觉描摹得纤毫毕现,或者说,她代我们说出了如影随形、入骨入髓的"无处还乡感",诗句就增添了摧心裂肺的力量。

人,作为意义世界一切实践活动的主体,思考的过程值得关注。现代诗歌一直在用特有的思维方式,努力提升对人生意义的关切。以镜像之思写就的诗作《我们从没见过真实的自己》充满思索,"我们不过是执行者/镜子为我们赋形/在我们的脸上播种时间/在镜子里我们活生生",反转、跳荡让诗的滋味绵长丰厚。此种情愫与骆一禾《辽阔胸怀》的诗句相似,"人生有许多事情妨碍人之博大/又使人对生活感恩"。

哲人老子大道周流,他轻视拱璧驷马,而看重求道悟道。小书近期的诗作也有鲜明的倾向,她习惯将对宗教的科学式理解引入诗歌。不是盲目崇拜,而是以审慎之姿叩问当下生活,试图赋予诗歌以宗教属性。小书对未知事物神秘性的探求,有着孜孜以求的态度。"仿佛永恒在充盈我们/使我们愿意倾心/更多的事物/有时我们就这样被天空安慰"(《有时我们被天空安慰》),小书的诗歌里一直洋溢着神性的辉光,抵达人类的内心世界而突显诗歌的神性。

诗人如何做到聪以知远,明以察微?功夫在诗外,这无须争辩,而"结果在内心",小书凭此找到自我区别于他人的感受。小书一定阅读了许多此类书籍,一些诗作在真实把握经典中接受精神滋养;一些诗作则强调诗歌的当代性,面对时代之问,注重个人的理性思索。诗意的诞生,与唤醒事物和扯断惯常思维有关,小书正在逐步应用以上的质素来实现这一目的。如果一位诗人从未遭遇写作困境,没有体会写作的异常艰难,那他注定碌碌无为。小书试图在有限的语词中追逐无限的意义,做到别样放逸。《失眠》一诗险峻陡峭,有丰润的生活气息,但不乏梦游的高蹈抒情,读来让人耳目一新。一方面,小书竭力在扯断惯性思维而追求语义偏离,这样诗歌的新意才能不断衍生;另一方面,她的诗作超验较多,即便对日常景观与事物的呈现,也接近梦境里的侦探。故此,她的诗作读来常有惊心动魄之感。

三、丰润的技术奇点

目之所见,耳之所闻,诗人要表达情感,就必须让万物有其形式。为万物写照,为百事传神,小书试图以诗艺创造生命。与最初的诗歌表达相对照,小书的诗艺之路走的是渐进的"减法"。减法的艺术,仿佛一切所依赖的圣约。爱因斯坦在冥思苦想的基础上认为:一种理论的前提越为简练,涉及的内容越为纷杂,适用的领域越为广泛,那这种理论就越为伟大。减法是诗歌写作的内驱力,诗的魅力在于不须陈述全部的事实,不需要整体,甚至不需要全部的情感。《妈妈》一诗可彰显小书欲说还休的"藏",它比畅快淋漓的"露"更有表达效果。

　　修辞立其诚。"立诚"是诗歌写作的伦理核心,可称为"体";情欲信而辞欲巧,"辞"就是修辞,可称为"用"。优秀的诗歌是体用融合的产物。小书一直在促进"立诚"与高妙修辞的融合。诗歌写作固然需要勤奋练习,但妙悟必不可少。妙悟是独创的开始,它首先强调的是"恰当的理解"。我清晰地发现,小书后来的诗作放弃诗句的"文心雕龙",不再追求"句秀",也就是消减对意象的打磨。诗坛的一众诗人大多努力对意象予以火的冶炼、水的淘洗,这有助于撷住读者的眼睛。小书近来的诗更像是突出"骨秀",这既来自技艺上的自觉,也来自美学上的自觉,更来自认知上的自觉。"善写意者,专言其神,工写生者,只重其形",齐白石的论断成为小书的诗学探索和实践。譬如《洪水过后》一类诗作,走主思的诗路,显思维延展之姿,如伦敦之紫雾让人警醒拭目。小书凭灵视之眼,完成了对事物的发现与新造。精神上的异峰突起,新造之物多随之变形。她的某些诗句,让我想起八大山人的鱼鸟合体图,那么出人意表。

　　中国书画中有焦墨法,即以"枯墨""干笔""沙笔"等为"渴笔",注重离形得似去表现事物与内心。小书的诗作常展现"枯焦",酷似以渴笔法呈现腴润。多年来,小书汲古融今、移洋润中的努力,提升了她的诗艺水平。而今,我阅读她的诗作,心中生出熟极反生的感觉。总体上看,小书一路行来的诗歌是从童心到慈心的千里行舟,早期诗作充盈着及物的想象力,后来多放开思想的想象力。微妙在胸中,奇术在笔端,小书的"思想力"呈现的是艺术的真实,而非镜像甚或遮蔽,这不单是一种发现,更是一种勇气和担承!她注重在似与不似之间,采用以貌传神的方式,表现内心的波动。

写意就是表现。我说小书诗中的"写意",不同于书画中的技法,而是一种走心入脑的灵魂雕刻术。这使得小书的诗作颇具骨感,有"在阴郁精神的窟窿里"的战栗,有"灵魂树立在不被需要中"的凛然,也有"生活就是一场冒险的星际旅行"的超然。艺术的否定之维是批判,肯定之维是拯救,至少小书的诗暗含这样的野心。试看诗歌《冬至》的第一节:

> 这是你的历法
>
> 寒冷享用着你
>
> 寒冷开始模糊生活的界限
>
> 寒冷开始穿越你的身体
>
> 寒冷是一个深渊
>
> 你的身体里有一个深渊

全诗将"寒冷"描摹为一切悲苦的象征,在纯洁与芜杂的对立中,诗人不肯低头的酷烈纤毫毕现。以枯瘦的外貌,来呈现内心的丰腴,这是小书诗艺的一个显著特征。女性特有的敏感细腻,混同着主观内省的自我倾诉,小书的诗有着自白派的迹象,却不去控诉世界,从而使得她的诗展现出坚实硬朗与柔韧婉转并存的景象。组诗《我们要相赠的未来》在生活现场"观侨取象",穿透生活的浮力与情感的牵制力。我相信每一诗句都有忠于生活的实际场景作以支撑,那种炽烈,像是在与生活进行一场轰轰烈烈的爱恋后,最终在挣扎中成长、成熟,归于平静。这种平静不是消极的,不是勉强的,而是真正的平静和接纳。"我们要相赠的未来"就是平和地等待明天像礼物一样到来。

小书的心事如惊湍,但她只对语词做轻度焙火,在轻逸和迅捷之间求取安宁,引导自由畅达的精神与诗句互参共悟。诗贵自得,写诗要对心灵特别关注,解放感知,让诗歌形式瞬间完形而悄然自洽。据说,咖啡香来自咖啡豆的焦糖化反应与梅纳反应,它高度依赖于温度的把控。小书的某些诗作随时可能让思维的甜甘味涌现。

(姜超,青年评论家,中国作家协会会员,黑龙江省作家协会秘书长)

目 录

第一辑 我们要相赠的未来

003　夜晚的樱花

005　栖　息

007　我们从没见过真实的自己

009　有时我们被天空安慰

010　柳　絮

011　我们要相赠的未来

018　时间可能是个无形的盒子

020　这个迂回曲折的春天

022　这个春天已带着恶兆

024　下雪了

026　节　日

028　失　眠

029　秋光浮动使我们丰满

031　中秋的月亮

033　戴面具的人

035　关于昨天

037　疲　惫

038　洪水过后

040　访千金湿地

042　絮　语

044　牵牛花

046　一个平流层的下午

047　球形幻觉

048　多雨季

050　倾　斜

051　雪　人

053　缺　口

054　处　暑

055　冬　至

056　愿黑暗把我们分离出来

058　晨　雾

059　蜗　居

060　在海上看大雁迁徙

062　模糊不清

063　提线木偶

065　我们是没有边界的雏形

066　死亡的阴影

067　遇见一只鸟的死

第二辑　原谅我没有如此深情

071　时间的猎物

073　散步有感

075　水的国度

077　我该如何爱下去

078　原谅我没有如此深情

080　冬雨中散步

082　异　梦

084　我该爱上一个诗人

085　我知道我被赠予的都是假象

087　春天在我体内放火

089　陈旧的我

090　长夏将尽

092　秋之诗

093　女诗人

095　初秋夜的咖啡馆

096　读安妮·塞克斯顿

098　北方的冬天

100　夜乘渡轮

102　白　热

104　这一切都很平常

105　异乡的"囚徒"

106　圣诞节问候

107　江南的冬天

109　种植或移植

110　爱　人

112　冷

114　北极熊伊努卡

116　慢读一首诗

117　距　离

119　我和我的悲伤

121　雨夜穿高跟鞋步行回家

123　成为一只猫

124　假日午后

126　九月的最后几日

128　晚　风

129　请将我钉在俗世的"十字架"上

130　罪

第三辑　什么都没有发生过

133　像猫一样的女人

135　神谕把这个秋天拉得又慢又长

136　就这样寂寞但安静地生活

138　什么都没有发生过

139　内心总是一片白

140　想　念

141　我们来说些简单的事情

143　单　调

145　不　安

146　恢　复

147　五　月

148　尾　声

149　生　命

151　在爱中

152　这些日子下雨

154　安　息

155　我让一只蚂蚁在我手心里爬

156　秋天来了

157　沉默是未知的答案

158　微　笑

159　城市飞鸟

160 天晴了晒晒被子

162 灯芯里的女人

164 我不配拥有过于美好的事物

165 我在自己的左耳中间穿洞

166 我不做你的情人

167 走过一条以英雄的名字命名的街道

第四辑　我的故乡下雪了

171 夏日茫茫

173 你被无形的手从罪恶的密度中取走

175 你离开以后又回来过吗

177 双管猎枪

179 妈　妈

180 猫　冬

181 麻　雀

182 在莫干山居图，你是你自己

184 女王的宝座

185 另一个世界

186 你的猫

187 访洞头岛

189 在梦境般的泥泞中

191　亚光速飞船

193　楼塔夜行

195　你和所有女人一起受伤

197　我们不能长久地远行

199　村庄美学

200　我们偶尔远离自己的生活

201　想念一个人

202　咖　啡

204　你和咖啡

205　无话可说

206　去看红蚂蚁

207　不能再多了

208　他让一场雨下到他的身体里

209　感谢你

210　窥　视

212　小城今晚无夜色

213　活　着

214　存　在

216　克　制

217　我的村庄

218　我的故乡下雪了

第一辑
我们要相赠的未来

夜晚的樱花

夜晚加深多数事物的困意
只有外环东路与新华路交叉口的
几株樱花醒着
路灯的光像某种智慧
照耀着它们

某种想传达给人的意义悬浮在树顶
简化为樱花之美

一阵风吹过
淡淡的香气像小火焰翕动起来
像有一阵善意
在所有花朵的默契中涌起

"没有祈求的恩惠

临到我"
使我相信
远方的亲人在想念着我

栖 息

这低处的居所
敞开的身体
由谁在统治
谁清理埋葬我们过去的一天
我们曾猩红如炭火

谁赞颂这被施洗过的黎明
犹如虚构的一天向我们袭来
我们不是在纪念昨天的灰烬
就是即将破碎如云朵

在有风的傍晚
我们即将迎来诗人纪念日
地球的另一端却已进入冬季
像我们彼此的梦境

是谁教会我们感受
洞穿这一切
像我们亲手进行过的窖藏
时令筛滤着我们
我们漏掉忌讳的融化的一部分
留下难以逃避的凝固的一部分

我们从没见过真实的自己

我们从没见过真实的自己
每面镜子里的我们都有不同
每个虚假的我们
都是镜子造的

我们不过是执行者
镜子为我们赋形
在我们的脸上播种时间
在镜子里我们活生生

我们从没见过真实的自己
我们是流动的
从这一刻流入下一刻
像水流
这一刻覆盖那一刻

我们无法截获自己

没有时间

变化的是我们自己

有时我们被天空安慰

有时天空是心形的
比如此刻
城市的建筑物和行道树
构成的心形天际线
被一片粉红色的晚霞涂满

深浅不一的粉红色
像爱的不同层次
层层涌现
并且向下繁殖一种感觉
仿佛我们的四顾都变成膏腴之地

仿佛永恒在充盈我们
使我们愿意倾心
更多的事物
有时我们就这样被天空安慰

柳　絮

上班路上

一团随心所欲的柳絮飘进了我的车窗

它来自春天的遗留

一团春天的困意

行道树中并没有柳树

它可能源自时间的流逝

瑞亚挥舞的一缕烟岚

我见过大量的它们

这时间的溢出物

具体的呼吸

即便我是个无信仰主义者

我也会为它出神一小会儿

然后再慢慢混入这清晨的车流

我们要相赠的未来

1

美是危险的
天使守卫着它的日常
它麻痹多数人
当一阵风吹拂我们的脸
我们不会意识到
自己已被勘测多少次
是的,我们不需要常常想到它
只需要顺从于一种惯性
但我们仍旧孤独
好像瓶子永远不能被填满
好像总是被一种虚空萦绕

2

爱情如果不被寻求就不存在?
爱情的本质是什么
是亚当的孤独　夏娃的陪伴?
爱情从来不能做我们的盾牌
如果爱情不能激动人心
对孤独的恐惧将像暴雨袭击我们
"但是当我们被深情感动,我们便蒸发掉"
"我们呼出自己然后消失"
我们失败了
但还得继续生活

3

每天早上
我们从镜子里预支一天的自己
睡前
又对镜子里的人说晚安
领悟了
"我不是自己的"
"没有你我一片茫然"
幸福是永恒的虚像

是一种迷雾

我们被深深吞噬

4

冬天随时会来

即使没有预告

终结的爱情会使我们结冰

被冰层隔绝

我们不能轻易相爱

内心的矛盾拉扯我们

使两个人变成四个人

在爱和不爱之间

我们总是找不到可以相切的地带

我已经有了决定

并为此哀伤

5

如果我们的心因此而被虚空的灰度填满

没关系

我们正离自己而去

"我们从不知道自己感情的真实"

情感也是我们的游戏

尽管它消耗了我们

但我们心甘情愿

它常常半途而废

尽管我们艰难于重新开始

谁将为此收集那些不曾被兑现的草率诺言?

6

不会再幸福了

不再需要爱了

"因此我抑制自己"

并成为习惯

更沉重地呼吸

置换出身体的虚痛

抛出胡思乱想像砍断树的根须

不用再爱了

它永远无法被完成

永远有泪水川流不息

7

别再渴望了

自发的欲望

生命就是一根细藤吊着一块石头

能够展示的只是紧张局势和摇摇欲坠

收拢自己吧

像收拢翅膀

我们并没有被恩赐靠飞翔自我提升

回归自我虔诚

总会有一种声音发生在身体里

大于并抑制欲望

8

我们要敬畏漂浮的预感

潜行的直觉

从扁平的夜晚慢慢树立起来的白天

使我们像建筑逐渐获得清晰

"获得一种存在感"

建立一种内心秩序

像相信真的有同盟或天使

遏制司芬克斯

"秘密地节省起这些心灵奢侈物"

生命是一条激流

9

生活是一片旷野
但我们缺乏认识它的经验
说不出的永远比说出的激烈
神秘的情感还在汩汩流出
相爱的意图总是使我们战栗
语言的探测进程缓慢
艰难的赞美在发声时磨损
"我们可能体验的事物
正消失得比任何时候都多"
相似地继续生活吧

10

直至体验完全消失
我将终于属于你
一个完美的结局
我将献上我隐忍的眼泪
"我们是怎样浪费那些痛苦的时辰"
怎样越过它
陌生的城市波动着虚伪的平静
生活烈烈的感受吹向我们

渡过去
就是我们要相赠的未来

时间可能是个无形的盒子

时间可能是个无形的盒子
挤满了喧哗
又如此恍惚

必须牺牲自己的一部分
以求得短暂地继续活着

必须逐步地去充满它
把过去未来当下均匀地混合
均匀地增加它的密度
直到我们变得虚弱

直到瘪下去
直到凝固成:
一维空间的一个点

二维空间的一个平面

三维空间的一截

四维空间的一段意识波

这个迂回曲折的春天

这个迂回曲折的春天
所有花开都是谵妄的波浪
不该在春天发生的
也出现在枝条间

春天,产生美好幻觉和抒情的必经之路
我们习惯了重复不变
盲目是一种放纵
一种突发的状况试图阻止它

我们都有了裂隙
它是深渊出现在实在中
在平地上
在阴郁精神的窟窿里

不确定的未来在前面烧

思想没有路径

躯体被禁锢在无形的时间中

"日子和岁月高高堆起他们空寂的恐怖"

日子和岁月的一端是凝视的眼睛

它乌黑又无穷?

悲哀结成了果实并坠落

走向终结就是走向新的开始?

在时间的空旷中曾经闪烁着自由

如春天滋生的绿叶是虚对实的安慰?

我们的喉咙呜呜

我们的舌头空空荡荡

我们参阅所有变幻莫测

"直到它注入另一个消失的时刻"

这个春天已带着恶兆

"这个春天已带着恶兆"
泛着铁灰色
仿佛冬天有了阴影

像一只蓝猫　敏感　阴郁
耐不住躁动又无法逾越被圈养的范围
使明天如临一重深渊

雨　更有一种强烈的暗示意味
厄运已无差别地降临到每一个人

大地的裂隙
塞满人类的尸体

像一个"–"或一个"｜"

忽然出现又忽然消失

这带着厄运的春天
是多少尸体化成的梦魇?

下雪了

雪
是上帝模模糊糊的沉思吗
或是彼岸的羔羊
簌簌地落在这人间

转换为别的事物
没有思想的雪人
或者只是单纯地化成水
为了随意地 —— 流动

或者只是为了展示
我们未来的彼岸的样子
不必借助什么
就依靠这自然

所以不必有家
不必留恋什么
不必有思想
它仅仅是絮絮叨叨的一片白

节　日

整座城市在节日里漂移
节日,是为了加速时间的离开?

怎么样的自我辩证
才能照亮这节日

在节日的游戏中
祝福被轻易言说并不被厌倦

在节日的激情中
肉体的意义再一次被赋予犹豫

迷茫于节日低悬的夜
祝福汹涌

并光明正大地变得滚烫
但有人表现出吝啬　贫乏　可疑

而这是我的脸
你掠过的节日的鼓面

失 眠

夜晚在雨中缓慢拱起
有人如愿滑入睡眠
轻松进入梦境
像鱼返回深海

有人失眠
裹着破损的时间的斗篷
消耗肉体这艘具形的船
"但是没有一只船要求靠岸"

夜晚在雨中缓慢拱起
以逐渐完成一个夜晚
我们睡着是鱼
醒着是船

秋光浮动使我们丰满

阳光,麦田,草地

鸭,鹅,帐篷

以及你们脸上表情的波纹

目光所及的一切都是

浅金色的

一个辽阔的秋天

正从星际的空隙里流泻下来

像雨占据了雨天

我们被秋天的阳光

淋透了

不需要建筑

秋光浮动使我们

丰满。像在自然里自由生长那样

自然力使我们
逐渐成熟

又像被造物主
再度凝视
只是我们并不知晓
我们踏入的是
他目光的碎浪

中秋的月亮

好时辰寄生在今晚的月亮里
我们期待已久
像期待一封
远方的来信

夜很静
亮如银鸦
使我们足够看清楚
彼此的欲望是银亮的纤维

今晚,月亮寂静的光再一次
漂洗我们
像一种银白色的奶
流遍全地

月亮是今晚的心脏
月光是我们今晚的情欲
"每一种原罪都带来快乐"
但它很快就会消失并得到原谅

我们明显感觉到
生活就是一场冒险的星际旅行
月光会解救我们
用一种秘密的模糊的清晰

戴面具的人

戴面具的人
你用哪张面具面对我
作为受造物
无知给我们勇气

我们虚假地给予和接受
获得某种无用的满足
在意识芜杂的荒野
很多声像不受自我控制地产生

而他
"他并不跟他人的迷途黏在一起"
在他的环境中
我的躯体不曾热烈

人类总体的虚伪
是多云般的现场
造物主总是在隐秘处
揭开他的面具

关于昨天

时间折叠我们

"把所有过去折叠成一个昨天"

我们又举起今天的自己

作为照亮明天的火炬

我们对于未来的恐惧

也许始于明天来临前的夜晚

夜晚吞噬我们

并用一整晚的时间思考要不要归还

"这世上没有地方供我们停留"

连祷词也可能是谎言

每一天都可能是纪念日

不断升高的建筑正不断筑成我们的深渊

我"不再对欲望抱有欲望"
但我会顺从于你对我的想象
昨天像浪一样涌来
将我们不断推往明天

我们会在梦中做梦
在醒来后艰难追忆
究竟有多少个昨天
被折叠进灵魂的梦里

昨天是我们的根
我们永远需要昨天
即使我们在逐渐地衰弱下去
即使昨天在模糊我们的脸

谁是我们看不见的同盟
给我们看不见的力量
又将在关键时刻现身
以我们不曾察觉的方式

疲 惫

我们的生静默地根植于沉寂中
我们,用重叠很多次的沉默
对抗同样叠加的生的疲惫
比如我一直沉湎于不动声色地翻阅你们
多变的面孔

我们总觉得自己的疲惫高于群体的疲惫
其实平淡的日子本来就是严峻的
日渐衰败的人
我其实和他们没什么不同

我们本来就是盲目的泡沫
被不均匀地挤出来
穷尽一生去努力维持丰满圆润的样子
努力上升的同时拼命抑制自己随时
爆破的可能

洪水过后

谎言的国度没有忧虑
洪水过后
时间没有受伤
人们依然踏上时间

"死亡的怒潮"占有了更多街道
水长出来
摇晃我们
经验的本质是顺从

"这哀伤之城的街道是多么陌生"
失去的生命像溅落的斑点
被雨水冲进更浑浊的水

生和死之间没有别的

没有可以凝固的事物
只有这流动的洪水

水面下
一张巨大的神经网
已接通死神

访千金湿地

这里有比城市简朴的清凉
湿地是一条施洗的河流
祈福的鱼蓄满河谷

几座古桥加深我们对时间的理解
白鹭与灰鹭接力着飞出树岛
为自然勾勒不同的风景

河岸边的一位老人仿佛被时光钉在
他的房檐下,我羡慕他
他门前的香樟树持续地燃烧着它的绿荫
分享着永恒的宁静

贴切的风
吹过我们的思想

"你带来的鲜明的透彻是安宁"

属于这一天的灰尘依然闪烁着向下沉积
像我们展现出来的愉悦
自然地消退下去
直到我们完全地与它融为一体

絮 语

世界是一条鱼
在宇宙中盲目地游
它张开口
等你游进去或者游出来

万物是上帝的语言
沉默的语言
今天
上帝从他的容器里为我分发了眼泪

梦可不可信
梦中的我竟然有梦中的过去

夜晚让人更加潮湿了
记忆在我的身体里划开伤口

每天醒来

都是一次复活

我的影子提醒我

有一个灵魂住在我的身体里

它会在光亮和黑暗交错的地方现身

每一天都有那么多事物从我们身边经过

我们却视而不见

牵牛花

历法的秩序
递送又一个夏天
黎明也再一次恩赐给我们新的一天

经历了又一轮的死而复生
幻形的祝福
附着于它的叶片之上
心形的叶子就爬满了篱笆

穿喇叭裙的花朵旋出土地的梦境
世袭的美
复诵土地的祈祷

月光曾为它们
涂抹愉悦

置换它们的阴影

它们　持久地开在我童年的某个早晨
我　是它们存在过的灵魂
穿越时空的宿主

一个平流层的下午

我们从不同角度去往同一个日子
同时滑入一个平流层的下午
在人群中我们放牧自己
以各自恰当的半径次第开放
透支根部的汁液以展现鲜活

我们削减自己的阴影
从一个自己流入另一个自己
粘连或叠加彼此
填充时间为有形
没有异物感来阻止我们沉湎这时光

球形幻觉

你派送着昨天的我今天的我明天的我
在球形的幻觉中你也派送他们

虚无是有密度的
刚好可以接纳我们的形体

每一天我们都被迫接受催眠
有时被植入物质的梦

我们不知道即将面对什么
生活于我们像被随机播放天气

你用什么区分我们和我们的灵魂
你要保留我们到何时

多雨季

二月,整月的阴雨稀释我们身体里
节日的糖
又让身体多水
到处是荫翳的人滴着雨
雨水在加紧驯化他们

在雨水停歇的间隙
樱花开得有些意外
却也带来香气
这并不意味着冬天就此结束了
这里还不是一座多情的小城

多情是危险的
比如春天
你不能展示过多的美

雨水总是伺机模糊它们

尽管春天终究会来

倾 斜

我临时占据了这里
携带着北方深冬里受冻的深情
某些复杂的力量让我保持着收缩和倾斜
在人世
有多少人大于枯萎小于死

他们却不懈地变换着姿势
悖逆和掠夺
他们是茂盛和密布的大多数

即便这样
我也不曾诅咒过你们的对峙
时间辽阔
将我们统统笼罩收割

雪 人

—— 致新年

雪人,你有朴素之美,清冷又洁白
雪人,江南少雪
你来的那个夜晚
江南在盛宴

雪人,你并非为我而显现
我不完美
雪人,在江南的冬天
我们用奇怪的逻辑御寒

雪人,在江南,你是意外的水的织物
雪人,你繁衍雪花,复制自己
在深时,这同样发生

雪人,你是唯一的神还是无数的自己
雪人,人间轩敞,去路狭窄
你介入并中和我们

雪人,你使我们偶尔清醒
擅长上升或滑翔
雪人,我是新的了

缺 口

开始是垂直于肉体的篝火
疾行于性腺的崎岖
亚当的肋骨发酵出情欲羞愧的菌群
路西法低行于水面生产伪善
制造并复制凹面的缺口

有什么不是一边生长一边腐败呢
遗产的灵摆无法和直觉链接
众生在神的反转之间截取所需

有谁不会跌倒在睡意朦胧的面孔前呢
罪和祭祀不断地向上堆叠
众生在洪水的光阴之底切换了属性

处 暑

时令已至处暑
炎热依然令我们黏稠
但我们依然耐心地接受了
城市的重复和乏味
形式主义的建筑吞吐着湿热的人群
阳光支持着规矩的车流运送无用的阴影

节气犹豫地穿越所有固执的事物
穿越我们无法描述的信任或畏惧
除了无比清晰的疲倦
我们没有剩下什么
只能向自然奉献出
统一的温顺

冬 至

这是你的历法
寒冷享用着你
寒冷开始模糊生活的界限
寒冷开始穿越你的身体
寒冷是一个深渊
你的身体里有一个深渊

清除日子燃尽的炭
你用屈从迎接下一个伟大的节日
节日是短暂的和解
屈从是你伟大的反抗
这是你不完美的日子
"我们瞧不起沉醉于不完美地活着"

愿黑暗把我们分离出来

"我们在存在之夜的顶点醒着"
在黑暗的顶点发烧
一种掠夺
试图呈现闪电的速度

一个疏离的神
正掌控着手中的风暴
掌控着这生硬的黑暗
解体的光

愿风暴止息
愿黑暗把我们分离出来
也许除了祈祷
一切都是徒劳

我们多是盲目的喜悦的
我们偶尔是清醒的痛苦的

晨　雾

城市的轮廓在晨雾中消融
雾渐渐变得更加浓郁,更有质量,更容易下沉
此时我同样被消解、融化并流淌
回归流体的本质
安静缓慢地被匿名

不必再持续流动地去爱
当众人都趋于涌向你
现实和雾之间展开柔软的破口
此时谁也无须抵抗,侵略也是温柔的
并不令人感到危险

消失的自我会被洁净
塑形又重新流淌出来
包括城市坚硬的部分

蜗 居

做一回现代的隐士
蜗居于一方斗室
不过是蜷缩于自己的甲壳
享受本来的孤独

小孩儿读"寒尽不知年"
我亦有同样的恍惚
友人祝福雨水来临
但安全感向来不会被给予
涌向你的只有未知的命数

"是的,凭借神
神在一只羔羊的外形下游荡"
他默许魔鬼的行径
毫无悲悯地完成一茬预设的收割
谁不是在人间炼狱里排队的人呢

在海上看大雁迁徙

迁徙是不是一种朝圣
我从未见过那么盛大的场景:
也许是整个帝国的大雁
正经过平面的大海

在十一月的厦门,在某个发白的午后
它们排成很多个"一"字"人"字
向南飞,温暖的南方诱惑着它们
它们飞得很高
在海面和天空之间制造鸿沟
鸿沟是它们的道路

我们对看得见的或已知的事物总是
略感心安
比如大雁飞越鸿沟或我们摒弃的爱情

我们按耐着对看不见的未知的深海的恐惧
因为我们想不清楚生活的表面下还有多少
暗涌

模糊不清

匮乏和一些模糊不清的意念折磨着我
我的面目也模糊不清
我的身体是一个磁场
吸附着众多词语的言外之意

夜晚是唐突的瀑布
一面面垂下来
淹没我们未曾发出的晚祷
我们天真地贡献出我们的失眠

而此时白昼正从地平线展开赞美
"白昼的火焰"
试图使我们清晰

提线木偶

不是寒露如期而至
是我们坠入了这广阔的
寒冷
如同坠入夜晚

沿着一根看不见的线
我们反复被降下去
又提上来,就像我们知道的
提线木偶

节气和昼夜
是不断切换的背景
我们生活
努力完成一场表演
我们不断地被给予和剥夺生活物资

那些表演道具

我们盲目地成熟
如同植物的果实
直到被摘下来
"在世界痛苦的枝条上结束了它的日子"

我们是没有边界的雏形

天空就这样变换着低下来
云被驱逐成虚幻的国度
就这样在高处完成对人间的仿制
好像人间是如此容易的
非物质的
好像我们所有的认知和意识
在我们头顶盘旋
一场又一场,又散成空无
笼罩我们的是自己的阴影?
"上帝创造的只是世界的雏形
他留下的只是废墟"
我们是没有边界的雏形
闪烁在虚空中?

死亡的阴影

死亡的阴影慢慢漫过每一人
一点一点挤出每个人身体里的灵魂

漂浮的城市
拒绝诚实

在梦中
我们的意识长出枝条

梦捕捉住我们
去创造另一个世界

在半梦半醒之间
一个巨大的世界正在运转

遇见一只鸟的死

在它的永恒的死的荒原上
它接受了它的死

生是囚禁
死让它有了更高的自由

"让鸟碎成沙子",你说
所有的死最后都碎成了沙子

在传染的时代
死的踉跄的火焰越来越高

必须重建一种精致的平静
必须熄灭死这粗糙的恐怖

必须接受它
这生的荒原的彼岸

"我是你等的那只鸟
它说"

第二辑
原谅我没有如此深情

时间的猎物

我在夜晚的镜子里仔细回望现实中的自己
这一具显现为物的有机体
是时间的猎物
觉察的神,欲望的魔鬼
环伺周围

意念是自由生长的多肉植物
我永远也不知道未来它将要贡献什么
是实现理想的但被禁锢的饱满
还是实施病的但被释放的恐怖
是继续让我熟悉
还是变得陌生

所以我也不必有什么期待
时间不过是习惯性的假设

它猎取我们
形体的线条在时间的挤压或拉伸中
皱缩或模糊
这空乏的真实
是被致幻后的觉知

散步有感

沿着龙溪港散步
夜色中我孑然一身
一个随意的右转我走上明代的石板桥
它泰然自若
有严整之美

它的南半侧石板相对光滑明亮
它的北半侧对着一个小区常年紧闭的后门
只是旁边有条隐蔽又狭窄的小路
应该鲜有人至　石板相对粗糙　颜色阴暗
石板缝隙里长有杂草

如今它作为桥的用途已被弱化
成为人们散步时的小憩之地　纳凉之地
它存在却杳然如传说

像我们从过去的日子里走出来
有向前和向后的两面
我们抬起头用笑容明亮迎来送往
我们颔首将过去的杂草于暗中抚倒

我们越来越成熟和沉默
以适应这变幻莫测的未来日子的
洗礼?
抑或是侵蚀……

水的国度

时间的流水潜行许久
才把我带至这宿命的江南
这水的国度
从时间的高处流淌出来
那永恒的流动使我惊奇
在江南
河流是永不凝固的喘息

我应该是宿命的江南女子
有江南的面孔和水的性情
水
教导我顺从
往低处流
专心弥合更多的沟壑
在静默和喧响之间徘徊

临近并不断抵达人世之岸
它日日夜夜洗刷我的忠诚
并不断送来崭新的黎明

我该如何爱下去

宽阔的阳光静静地降下来
在阴影处骤然缩紧
阳光也静静地照耀着我
燃烧纠缠着我的忧郁的枝条
于是我拥有了拘谨狭窄但更纯粹的肉体
但我该如何爱下去呢?

养了多年的螺纹铁第一次静静地开了
又败了
我该像它一样
"只爱这荒芜的、充满阳光的时间"
这是圣杯中的香膏在倾泻
自然的美学要拯救我于日光中?

原谅我没有如此深情

原谅我没有如此深情
我是不知悔改的女人
藏起一颗背叛的心
深入被伤害的日子

我不能逃离这生活
也不能生活得用力过猛
生活的反作用力
不断在那里发生

人世的窗口
镶嵌着世人的脸
陌生人的生活
也在你我的背景中无声荒芜

人群都是魔鬼的寄居者
搅动着
引起不安
因此总有风声来路不明

过去的日子
已跌进时光的潮流
而我却迟迟不肯交出
这具陈旧僵硬的躯体

我定睛关注的风景
也总在变幻中
就像昨天和今天的界限
总是忙于移动它的边缘

冬雨中散步

冬日的雨下得有几分倦怠
恹恹地把街巷叙述出来
我就在这雨中散步
在这条也许不足一百米的路上来来回回
没有人注意到我
或者说我和他人之间已形成某种默契:
不必打扰他人的秩序
或者为陌生人稍做停留,哪怕是
一个眼神

我为什么仍要这疲惫之躯
忍受这冬雨
我该如何计算这种消耗
这令人费解的甚至是有些荒诞的行为
马路上车辆疾驰

带给我一阵阵事实上并无必要的小紧张
还有略远处那些黑暗里的事物
比如我所知道的一间城市书房或一座大剧院
我并不知道此刻
我与它们有什么联系,但
"有什么比这简洁的一幕更必要"

异　梦

严重的困意的波浪席卷而来
搬空我们白天的思想
睡眠
是我们暂时放弃自己的身体

睡眠
把我们织进夜晚的经纬
在梦的黑暗中
一片幕布向我展开

在缠绕的梦里
我梦见你在向我呼救
另一个我

我发现我们在织物的不同层

我们是两段平行的笔直的纤维

我无法帮你

把你从你这一段扯下来

在梦中

我看见另一个自己

梦

是我们对另一个平行空间的自我的感应？

只有梦的孔洞

才能穿越肉身的桎梏

短暂地遇见

另一个自己？

"而我无法把你带回今天的清晨"

带着重叠的沉重

我睁开眼睛

我的意识再次回到我的身体里

我该爱上一个诗人

在午间我掉进你曾诉说过的灰中
我未来的百褶裙褶皱里隐藏着柏拉图的遗憾的爱情
所以你馈赠了未来远方的真诚

这仍旧是阴沉狭长的一天
谁在我们未知的维度播放这一天如播放电视节目
我打开自己所有的感官来验证它
这无法控制的剧情节奏依旧令人沮丧

也许未来某一天,今天的某个片段还会被突然插播
这真无法预料
想到这一点我愈发荒芜
在四月的湖州,我该爱上一个诗人
比如自己
试探性的自我的神明

我知道我被赠予的都是假象

我知道我被赠予的都是假象
物理定律让我们看起来相对稳定
我是说我们,我和你
你们和他们也是如此

离心力挥去表象的云团
裸露出我们数学的本质
上帝和魔鬼是两个疯狂的数学家
数学的我们被排列组合进另一个排列组合

我们惊慌于太阳的猛烈
却被赐予决定性的钙
一个钙原子进入某个神经突起引发的神经流瀑布
又在某一刻决定了我们是暴烈还是温和

而我更愿意被赠予现实的假象

比如你一直表现出爱我的样子

春天在我体内放火

春天在我体内放火
升起我七情六欲的面孔如灰
春天在我的嘴唇上挖掘被给定的秉性
春天给女人们涂抹珍珠母贝的光泽
春天,女人们亮出明目张胆的诱惑

春天,我们不谈宗教赦免
春天,我需要演习紧急灭火
没有人告诉我该如何迎接春天
我该向花朵还是柳枝妥协
那些新鲜幼小的美如此危险
它们加速榨取一切活意
又在雨水的掩护下伸出枝叶

春天,降下我们各自隐秘的病灶

春天,兀自明晰
春天,我们不谈宇宙循环
春天,我只需要你一时的温情
我将恢复如常并发出感谢

陈旧的我

陈旧的我
簇拥的泡沫
光中的灰尘
仪式感的膨胀和落定
为了获得在场的权利

这低密度的肉体
短暂的财富
听命于自然规律?

你
不与我和解
一个手势就将我轻轻抹去

长夏将尽

傍晚,整座城市从白天的匆忙中解脱出来
我,逐渐从白天回归真实的自我
处暑过后,天气渐有凉意
在夏日的尽头,我仍不能赴你的约

其实对于爱情,我一无所知
我总是过于紧张,紧绷的身体像一张弓
对于我,男人是个棘手的动词
理性告诉我它总是充满各种歧义

在午夜的失眠中搁浅
沉沦于博彩的脸转向月光的祭台
我不能放弃我的宗教
宗教告诉我也要富有牺牲精神

像软体动物深入黑夜茂盛的草丛
逃离夏季悬浮的灼烧
形而下的灰烬仍然吞噬着我
我不会轻易就相信了你

我的确不喜欢赘述
起风了,我向夜晚举起手
五指分开季节的边界
我是沉默的女人,引来雨水

秋之诗

"秋天不是在世界里而是
在我们内心中开始的"
秋天从我的毛衣开始加深了

那些不曾被注意的蛰伏之物
像没有存在过一样
转化为看不见的熵
还是按捺的火?

我们都是被季节抛弃的叶子
或早或晚地跌落枝头
被风卷起又放下

我沉默良久仍没有说出口的话
终将作为秋季的遗产进入冬天?

女诗人

进入九月
天色高远又迷人
云朵泛着新棉花的白
云朵制造着高处的幸福
鸟类负责往低处运送它
今天,你有没有遇到一只鸟?

我手提一箱牛奶,背包里还装了面包
牛奶和面包都是我为女儿准备的
一个女人正穿梭在庸常日子的森林

我是一个俗世的母亲
我也是一个俗世的妻子
我的丈夫给我爱,也给我疼痛
或许保持痛觉是俗世给我的完美礼物

为了感激,我执着于偶尔扮演一个诗人
这或许就是我被诅咒或祝福的命运

初秋夜的咖啡馆

夜在咖啡馆的玻璃窗外越来越凉
玻璃窗上的灯饰徒劳地忽明忽暗
像在模仿人类的思想

又是秋天
夏天终于释放了我因水肿而不被理解的
躯体
我该如何做个夏天的缺席者?

舍弃不必要的叙述
形式的包裹
一个悲剧的女人
正用沉默拒绝被引渡至欲望的水域

"我还能做什么,除了回到这个
没有什么过不去的生活"

读安妮·塞克斯顿

我不想再读她的诗了
关于她自杀的描述让我感到不适

她有女巫通读虚幻后的激烈
所以她希望邀请死亡早一点在她身上发生

上帝和她母亲都不原谅她
圣经也无法医治她

勇敢地犯错造就了她
她挣脱了锁住她的系统

时光胶囊装着她的诗
在我午后的拿铁中化开
引起我的胃痛我却又放不下它

她说如果不做诗人就做婊子
她赤裸裸地诱惑我去窥探她

北方的冬天

北方的冬天早早地来了
深邃的蓝铺满了整个天空
像我们高远的孤独不着边际

我干燥的身体愈发透明
北风吹着我赤裸的灵魂
在冬天的枝头猎猎地飞

冬天的树啊
是我伸出体外的枯枝
待人折断焚烧的柴

而你在浪费我
慢性的怀乡病
克制过度的厚道

你沉默犹疑的爱

在深虎皮纹色萧索的大地上

略带哀伤地翻滚

夜乘渡轮

我爱上了深夜乘渡轮的游戏
甚至爱上了那种恐惧
在高出海面十几米的铁围栏后面
我意识到我是这个深夜的被选之人
夜晚的海风一定让我的面目更接近
真实的内心
在激荡的白色海浪里
有我脸颊上剥落的粉饰太平的釉层

原谅我不能再温柔一些
恐惧已使我坚硬如这艘深夜的渡轮
吞吐中粗糙地造就了不停下来的理由
这一程的终极意义就是分解无聊
如今更不重要了
我已被怜悯

回忆被再度唤起并隐藏在日常之下
回忆再度简化了这无聊的日常

白　热

夕阳正在为黑变的云包裹金黄
树木的年轮慢慢包裹它的结疤
我将幼年的结痂包裹进成年的外衣
这么多年,它不曾脱落

为什么总有人在某刻用尽力气与你为敌
他们把今生当永生活着
仔细辨认,所有高楼大厦都是先人的墓碑
它们"在变换的天空下创造死亡"

每个人都无法避免地以自我为中心
与这个世界发生关联
就在此刻,我下意识地为这个城市重新
下了定义
它可以不得到任何人的认同

但它会滋长我身体里的暗物质
这么多年,我不曾安心
怕一不小心就被完整吞噬

这一切都很平常

在日子倾斜的夹角
阳光裹着灰尘
组成我的影子
我感到冷
悲伤地坐在它的身后
什么都不能安慰我
我清楚地知道
这一切都很平常

异乡的"囚徒"

乘凉的人占满了馆驿河头八月的夜色

沿着河的垂柳弯曲着命定的弧线

红色灯笼在水里呈现边缘模糊的倒影

现代建筑虚化成捉摸不定的背景

这夜色啊

将我涤荡成透明的人

代替了一小块翻飞的灰尘

这夜色啊

吞没了我在这个城市里安置的一切

这夜色啊

从你的整体中分离出一小部分

伪装成故乡的夜色吧

让我一直悬浮在这夜色中

不必在意

我是这异乡的"囚徒"

圣诞节问候

圣诞节你捎来问候
似有个声音慢慢贴近
圣诞节如往日一样展开又消逝
唯有问候值得纪念
即使没有问候也没有关系
日日夜夜来了又去
我们无须交谈
保持沉默
安度余生

江南的冬天

占有我吧
冷
我想继续用沉默
将我狭窄的生命缩得更紧

在被遗忘之后
掏出一颗不用多思量的心
在假借透明中辨认
一种新的认知

江南的冬天开始荒凉
令人无法拒绝
而我无用的强大只用于
将沉默铺陈成我终生的事业

我将在沉默中祈祷

在沉默中温习你的目光

领受你

沉默的源头

种植或移植

我在一个小地方种植
一个属性模糊的自己

江南多水
使我体内充满液体
但我不茂盛
生长得漫不经心

方言围拢过来
侵蚀我
我和他们在滑溜的眼光中互察

我和他们同时行走如晃荡的人形水罐
我们患湿热或者湿寒
种植,向下或者向上
他们说你要接受一个移植即侵略的事实

爱 人

桂花刚刚开
欲望城市的味蕾需要一味更猛烈的草药安抚
副热带高压已经无法占据上风
接下来的雨是它日常的屈辱
流向城市的低处

其实我并不讨厌这样的天气
低压迫使我再一次收紧自己
犹豫的法令纹
重磅真丝衬衫的露背元素
精致的民族风金属书签
我爱慕俗世的心
像不甘心的雨　白烟氤氲

爱人　剥夺我的自私之物吧

我因为爱而恐惧

救我　为我的嘴角抹一滴蜜糖

诸神瘦弱　你要做我强壮的新郎

冷

"多么巨大,从你的存在中升起的冷"
冷从肢体的末端开始粉碎我的知觉
粉碎我用理智维护的虚幻的尊严
削弱我所有的欲望

欲望,海市蜃楼般
虽然遥远但不代表不存在
虽然被怀疑
但不妨碍我用想象力将其实现

多么巨大,欲望的无底洞
所以你用同样巨大的冷
阻止我跌落
阻止我在潮湿的冬天继续发肿

冬天住进了我的身体
却没有一片雪花来装饰我
我又木讷了一些
没有歧路交换我

冷
也在你我之间制造冷漠
我们的形体不单独构成我们的边界
总有一种氛围弥漫在我们周身

如果我愿意委身于一个理解
你是否会提供持久的温床
如果我愿意付出纯洁如冰的爱情
你是否会自觉兑现宗教的无意义

北极熊伊努卡

听说新加坡动物园的北极熊伊努卡死了
生卒年：1990—2018。它被执行了安乐死
Edion 让我为它写首诗
我的确去过新加坡动物园
却对北极熊伊努卡毫无印象
Edion 说他是从小看它长大的
我试图与 Edion 产生共情
想象他和北极熊伊努卡那部分有关的记忆
在被强迫记起或被试图剥离
与被施加了和死亡有关的不适感重叠时
他必须屈从的委屈
和心尖上小步态隐隐地跳跃的疼

我也试图与伊努卡产生某种关联
伊努卡并非出生在北极

它出生在新加坡,热带
在它的有生之年,物种的基因密码
总是不断和与它相悖的生存环境争战
争战?
我也曾在新加坡退化了温寒带基因的耐寒性
染上了湿热
爱上了咖喱却要抵抗它感官上
仍然让我有点恶心
这些综合慢性病一直啃噬着我

慢读一首诗

慢读一首诗

在词语的凹凸中复现它对真实的重构

这些都不是真实的

却在哲学上成了真实的一部分

不间断地撬动一首诗坚硬外壳表面的微小缝隙

发现诗人疲软的秘密

发现他如何溃败

又如何死灰复燃并获得终极生存技能

—— 一种滑稽表演

慢读一首诗

撷取他间歇性的荒诞不经

在个人编年史中加强公共部分的质感

然后再不断地分裂:我不是他

距　离

我和你隔着一个冬季的理性

我和你隔着一场葬礼的缺席

我和你隔着一个太湖的晦暗

我和你隔着一片大海的白刃

我和你隔着一场爱情的波云诡谲

我和你隔着别的男人和女人

我和你隔着一桌欢宴的埋伏

我和你隔着一个孩子的凝视

我和你隔着一堵墙的不洁

我和你隔着一场婚姻的没完没了

我和你隔着一通越洋电话

我和你隔着一个国家

我和你隔着一个城市

我和你隔着一个夜晚的膨胀

我和你隔着一个吻的深渊

我和你隔着一次欲望的闪烁
我和你隔着一场肉体的风暴

我和我的悲伤

白天和夜晚在此打结
我和我悲伤的感觉在打结
情绪的我从四面八方涌来
吞没肉体的我

没错　是我急切地扑向
那种激烈的情感
更悲剧的是
这种感觉将无尽地
循环往复

这物质的丛林对应着
一场梦的荆棘
夜晚的来临更为我竖起了
无尽的悲伤的四围

我热爱这种充满我的腹腔的
悲痛欲绝
它不断使我获得
清晰

雨夜穿高跟鞋步行回家

从子夜空旷的凉意中回家
脱掉高跟鞋,脱掉套装
还想即刻脱掉双腿的浮肿
甚至想撕下一种懊恼的感觉
可惜不能

在人前表演与此刻的孤绝之间
有什么东西在大量地退出或消逝?
暗物质?
在跟我们发生越来越弱的关系?

在雨夜湿润的步道上
是什么吞噬了我嗒嗒的高跟鞋声
在我的头顶
哪个星体在随我移动

光的话语体系已转换为夜的阴影
"我退回到无边的自我"
子夜才是自我旅行开始的地方
我是我在子夜的阴影

成为一只猫

缩小
成为一只猫
像一根针刺进海绵般的黑夜
占用黑夜的漫无目的
漫无目的的城市吞咽我们的
咸性

虚无
是我们无法凝聚的部分
始终寻找的部分
这当中似乎蕴含着一种自我反对
我注定无法
完成自己

假日午后

我们生来就是孤独。

——凡·高

白色纱帘隔绝假日午后
我蜷曲的身体如一条皱缩的绒毯
蜷缩在沙发里
我并没有觉得沉浸阅读是容易的

硕大的玻璃窗里有硕大的孤独
纱帘柔和了这逼人的感觉
这午后的泥沼像未尽的琐事
我吞噬它
它填充我

浮肿也是水汽填充的孤独

孤独这件法袍

我裹着

有个叫灵魂的东西

在它下面忽闪

我不能不爱这孤独的世间

沉沦于这午后的无所事事

五月的气候滚滚涌来

就这样过完这一天也是一种圆满

九月的最后几日

这几日,日子悬浮于日常之上,毫不真切
俯视就可以看到好看的绿
抬头就可以看到理所当然的蓝
没有琐碎,没有焦虑,也没有欲望
多么幸福
仿佛远处山峦,轻轻起伏
这几日,初秋的阳光慢慢烘烤出
身体里淤积的水汽
多么轻盈
善良从心里上升
好久没有过这种简单舒心的日子了
麻烦和忧愁都在远处,又好像从未有过
只要听从身体的指令,困了就睡,渴了就饮茶
暮色中也有刚刚好的清凉
像神轻轻散于无形

这几日,细心打扮自己

没有担心变老

这几日,不需要爱情

并且有那么一刻

相信自己很美

晚　风

晚风清凉

填满盛宴后的饥饿

一天的日子

远比想象过得容易

夜色和雾气笼罩着

世界被隔离成你们和我

那些细微的表情没有被察觉

你们的说话声也如此微弱

请将我钉在俗世的"十字架"上

请保持疏离感
请把秘密一点点地诉说
俗世的风吹我
我一直摇摆着找不准自己的位置
请给我藏身之所
请允许我涂脂抹粉　红唇嫣然
装扮成妩媚的样子
请赴我的约
给我俗世的激情
请将我钉在俗世的"十字架"上

罪

她卸下妆容　卸下矜持　尴尬和骄傲
交出朴素　乳房　疼痛和秘密通道
在高出海面的午夜
她交付了她此前所有的时光

那一道白月光啊
越过波光粼粼的渤海湾水面
苍白如她的胸口
虚浮如她的才情

她不是她　她是自己的鬼魅
是海水的泡沫
这罪啊
终使她无法逃脱

第三辑
什么都没有发生过

像猫一样的女人

像猫一样睡觉
睡得长久
把整个上午睡成一小会儿
睡一会儿便起身　做伸展运动
把腰和肢体都伸展开
像一朵花打开身体

像猫一样在房间里走动
有时候躲进窗帘儿
坐在窗口向外看
想象自己的脚走过每一个路人

像猫一样来回拨弄一个毛线团
或者把线团踢到家具的深处
再沿一根线拆除明亮和暗

有空气从里面晃出来
罩住小猫安静的脸

像猫一样赖着一个柔软的人
黄昏，伏在他的身旁休息
灯光一点点地偏离
像一些影子移向一个人的梦里

神谕把这个秋天拉得又慢又长

秋天
手心里有水
不能被释放
不能被消解
也不能抵达

褐色的树叶覆盖了整个天空
金黄色的马跨过树林和房子
水飞起来
洗净了一道天空

花伞遍布房子的周围
一群无辜的人
在逐渐壮大的秋天前奔跑
神谕把这个秋天拉得又慢又长

就这样寂寞但安静地生活

从一个别处到另一个别处
这一场孤单又盛大的迁徙
只有我一个人
匆忙地完成一场生命的逃亡后
又开始另一场

我不敢轻易地说出任何一个词
来表达任何一种感受
平淡或俗气
小心或者被摆布
犯错或者被伤害
脆弱或者挣扎
一步一步地走过
就走去了哪里

我轻易地就流泪

为了过去那些已不存在的时光

从这一刻到那一刻　多久

从这到那　多远

从你到我　多疼

从梦到醒　多怕

我看着疤痕从深至浅

我数着日子从黑至白

我回答不出任何问题

我只会如此这般地活着

什么都没有发生过

什么都没有发生过
在春天,雪一点点化到心里
天气并没有因此而转暖
风来路不明

其实还是去年冬天的水
我不必说
水也要流向春天

这样你就知道了
我的一颗心是怎样地慢慢变得安静
你也一样

内心总是一片白

这是一个化雪的春天
和我一个人的下午
我感觉到
我的内心总是一片白

这让我更加安静和感恩
更加贴近一片雪的灵魂

让我更加期待的是一定会来的
黄昏　干净的冰和梦

在梦里
我就又会见到一些光像碎冰一样
经过嘴唇进入我的身体
抵达我内心的那片白

想 念

黑夜降临
花正在失去香味

我心爱的小熊
假装我把你丢失了吧
如果我转身流泪
你就走开
别再回来

我根本不喜欢你送我的花
可是它们在地板上兀自鲜艳起来
我不能抱着你哭
如果我这样做了
你别抱着我

我们来说些简单的事情

我们来说些简单的事情
说说这个多雪的城市
和秃树丫上乌鸦动听的叫声
说说我怎么不小心
就把乌鸦写成了鸟鸦

说说这条通向江边的路
安静得可以听见谁在流浪

谁的路越走越空旷
谁的路写满暗伤
在这片被月光遗弃的土地上
成群的蚂蚁垒起成堆的蚁冢

满手的掌纹隐没

她来不及指路
方向就不见了

十二月
寒风吹皱江水
在第三次寒流来临之前
事情还很简单

单　调

夜里，房顶漂浮
一只小白猫脱落的毛正四处游移
一个习惯独居的人
忽然间想起她远方的亲人

她伏在床沿吸烟
她不能咽下一口烟
不能让自己的身体软成烟的样子

她想开灯
她以为如果屋子是橘黄色的
她就会舒服些

她以为如果她低声说话
就没有人能听见

她忘记了房子里只有她一个人

和一只白色的猫

不 安

你还会在那里吗
今晚
ESSE 富有节奏地明暗
阴影晃动,那么大
拿铁的泡沫充满了漂亮的咖啡杯

距离太远
打碎了你说的话
我还是感到了
空气里的险峻不定

是窗帘太小
没遮住外面的黑
我的夜晚
因此而无安

恢 复

深夜穿透了我的棉被
在这个城市忽然变冷的前一个晚上
我呼喊着醒来
我周围的空气开始变得局促不安

怎么解释
梦境中的周折
一张朴素的脸和一个妖娆的灵魂
去赶赴一场死亡

而我要如何整理声音和面容
恢复生活的常态

五　月

温寒带的乌鸦无须迁徙
它们在荒无人烟的枯水边喘息
巢穴在尚未发芽的树丫上飘摇
它们全然忘记了冬天的雪
使它们无处藏身

五月
我已经不准备再一次原谅你
因为我不能原谅自己
最后的感叹已被预知
逃跑的乌鸦怎么也洗不净身体

哪一天都可能是最后的妥协
巢穴已被鸟类占据
你　再也无家可归

尾 声

午后的阳光一点点地铺进我的身体
一只水鸟把我的目光拉得很长

一些事物
在九月慢慢展开
一个假设和着一声男人的啜泣
在某些词语中变得更加安静

除了微笑
我不想把握什么
就像一些错误
已经勇敢得不需要原谅

生　命

我不断地赶路

赶向死亡

不惜丢失了鞋子

我看到一张脸

在海面上沉浮

灯塔明明灭灭

我为什么不能像蝙蝠

可以倒立着睡觉

我身体里的一些东西已经逆转了方向

一朵花的开放

多么像一个英雄奔赴刑场

一种沉默

多么像一道闪电

将暗空划亮

有时候

你可以描述一个梦

但你却不知道该如何勾勒它的边缘

除了等待

你还能说些什么

你要把什么说成必然

又要把什么说成偶然

一棵小草的枯萎是多么自然

在爱中

街是白色的
天空没有风
无数支歌儿被唱起
风景不过是几座房子
一切都将被忘记

一粒爱着的种子
在爱中奔跑
它把声音和房子都忽略了
在奔跑中
一切都失去了实质和重量

这些日子下雨

伴随着一场雨

我的体温渐渐凉了下来

那是蛇的温度

或者只是根像蛇的绳子

在一场雨过后

变得更像蛇　变得更冷　更沉

是这样的

这些下雨的日子

我不得不压低嗓音

等待雨或急或缓地飘过我的房子

等待黄昏点燃潮湿的身体

然后悄然写下宿命　黄昏　雨

可是房子还是房子

那些在房顶发霉的木头

丝毫没有改变位置

只是在这场雨过后

又慢慢风干了

安 息

我房间天花板的蜘蛛网上
安息着去年夏天来访的水蜻蜓
每当我仰起脸就看见它舒展的尸体
安静地躺在敌人的床上

我让一只蚂蚁在我手心里爬

我让一只蚂蚁在我手心里爬
它沿着我的生命线爬
我碾死了它

秋天来了

秋天来了
我面容忧伤
脸颊凹陷
头发干枯
无处躲藏

沉默是未知的答案

我不想再想了
沉默是未知的答案
我只想在黎明之前睡去
睡到床的深处

微　笑

一家店
用蒙娜丽莎的微笑画像做牌匾
有一天我看到
一个老男人
站在店门口
朝着蒙娜丽莎微笑

城市飞鸟

这座城市
东边的半空上飞着许多只乌鸦
西边的半空上飞着许多只喜鹊
喜鹊有时候飞来东边
乌鸦好像没飞到过西边

天晴了晒晒被子

天晴了
天总是要晴的
总是下雨
太阳也会耐不住寂寞

天晴了
风把空气和土地都吹干了
我扬扬手
风把我也吹干了

这样的晴天
我要到院子里晒晒被子
只要我愿意
我就将它们晒上整个下午

把棉絮都晒得蓬松

让它们像白云那样软

这样我就可以在白云里睡觉了

我一定会睡得很香

连梦也不会做了

灯芯里的女人

多少次
我想把这一段经历记录下来
而我的橡皮一直在认真地
守候着我的铅笔

我不敢轻举妄动
不敢在这样的冬天的夜里
点燃一根蜡烛
寻找那个在灯芯里安坐的女人
和一只从夏天逃离的蛾子
它们知不知道
等不到天明它们就会死亡
死于一个女人手捧的寂寞
和一个关于飞蛾扑火的预言

整个晚上

我坐在书桌前摸索一只打火机

和一截被抽掉了灯芯的蜡烛

它们整晚地和我捉迷藏

整晚地躲在我的手心里

整晚地给我讲述一个女人的妖娆

和一只蛾子的死亡

走廊里毫无声响

寂静穿过冬夜的风雪向我袭来

在我打颤的瞬间

我的铅笔忽然被点燃

木质的外壳和铅色的笔芯被烧成明暗的红

像此刻我明暗的眼睛发现

我的橡皮正与一个错误失之交臂

而那只蛾子客死途中

唯有一个妖娆的女人正使黑暗

发出回响

我不配拥有过于美好的事物

当我在黑暗中闭上眼睛

就看见魔鬼的绿眼睛在盯视我

他想吃掉我的睡眠

或者在我睡着后带我去别的地方

但是我不给他机会

我给他

喂我的衰老

喂我脱落的细胞

喂我的感冒

喂我的咳嗽和鼻涕

喂我的结节

喂我的破了的东西

喂我的丑和脏

我在自己的左耳中间穿洞

那是几年前的事情了
开始的开始
我不断地梦见我的左耳上开出小花
出于天性和我的怪僻
我在自己的左耳中间穿洞
像我预料的一样
我身体里的树枝
开始从洞里伸展出来
开出一朵朵小花
我感到植物的苏醒
感到春天在左耳上开了满园

我不做你的情人

我不做你的情人
我不是雨
落不进你的身体

我不做你的情人
我无力抵挡那些不明不暗的中伤
像一片嘴唇盛不住一些寒冷的光

我不做你的情人
我枯萎了
像植物好久没有喝水
要么就是我还算年轻
值得被放过和原谅

走过一条以英雄的名字
命名的街道

走过一条以英雄的名字命名的街道
我感到现世安稳
这和得到面包和牛奶的感觉不一样
它或者是一种陷落
像一个擦肩而过的人
让人来不及猜疑

在路上遇见一个蹒跚学步的小孩
他天真的微笑使我内心安宁
像一种照耀
充满预感和期待

行人谈论最多的还是天气
人们不需要胡思乱想

不需要猜解墙上被涂鸦的暗语
"玩笑=幸福""规则=胜利"
还有一条"智慧=死亡"
不需要说得太多
像一只猫需要安静和隐蔽

路过一座空房子
想象里面住着一个孤独的灵魂
"灵魂的优越之处在于只看重个体"

一条街就要走到尽头
人们需要回转或停留
需要拉长一种感觉
再折叠和收藏
不为别的
"幸福是一种把所有精力都投注进去
就能求得解脱的痛苦"

第四辑

我的故乡下雪了

夏日茫茫

—— 致父亲

夏日陈旧如无辜的童年
旧居的时钟被迫陷入无意义的空转
你过去以及未来的时间被回收进
至高权力的容器

你多年前在旅途中写给妻子的家信被再次阅读
在同样的季节,旧居门前的树木
依然是你信里所说的枝繁叶茂的样子
你终于从旅途回归了
卸下了沉重的行囊
甚至摒弃了机械的肉体

生是囚禁
相对于你,我们依旧乏味

繁衍和复制毫无新意
但我们决定继承你的善良
我们,终于看清了自己的情感
并用传统纪念你
可这个夏日失尽了情绪
终日茫茫,尤为漫长

你被无形的手从罪恶的密度中取走

—— 致父亲

你被无形的手从罪恶的密度中取走

从你的面孔上

无数个魔鬼的面孔飞离

你一生的善良最后一次亮了

你太真实了

真实地死了

你会继续活下去?

在平行宇宙的光中?

现在,你是一把寂静的灰

死亡照耀你的屋顶

你消失于你居住过的村庄

你向它的贫瘠奉献了你的躯体
这是你的使命
"为了活下去,你必须跨越死"

你是真的得救了
用死的方式复活?
关于你的一切将慢慢从这里消失
将在哪里重新聚合?
你新的生活将在哪里展开?

你离开以后又回来过吗

—— 父亲两周年祭

还记得吗?
贫乏几乎统治了你的一生
你曾怎样地对抗模糊的无穷无尽的生活
怎样地理解训诫的神长久缺席的温和

的确
欲望曾筑起我们的教堂
看不见的锁环
总是缠绕我们矩形的家

昨天已经消失在远方的物质中
但无数的昨天堆积成重复的道路
我们必须踏上
无数空空的身体变成无数空空的祭坛

我们必须献上
无数没有幸福过的灵魂树立在不被需要中
但我们终究会死

你离开以后又回来过吗
你饮过窗台上的水吗
像你曾经啜饮的痛苦那样
你忏悔过吗
为了你不幸的一生

如今　你以怎样的流动
去完成曾经的执念
还是你终于被释放了
得以纯真透明

双管猎枪

被诅咒的他是多么无辜
那种突兀的处境
是北方冬天的河流
有醒目的缄默和坚硬的核心

他的人生是一次错误百出的转译
编码混乱　充满荒诞
领受贫穷和病痛的梦境
陷身于一个无解的僵局

他可能拥有过短暂的财富
那可能也只是一场梦境
梦境中他甚至拥有过一杆双管猎枪
但不为狩猎
只为无聊时朝现实和虚无开几枪

由此去感受

人　更像是被铸造的子弹

在梦境和现实中同时被射出来

在梦境和现实中并行

互为镜像

并最终抵达里程的终点

不是完成人生的题解

而是爆破　成为碎片　粉末

死　没有别的出口

妈 妈

上帝打开清晨
黎明的第一缕光
照着她小巧的耳朵
照着房间里看不见的绒毛和灰尘
昨晚的争吵和暴力都隐退了
像从来没有发生过

她仍旧习惯早起
娴熟地操持新的一天
像平凡的主妇
没有心事

猫 冬

整个冬天
母亲不断地烧煤取暖
房间干燥
密不透风
我和妹妹吃糖　折纸
缝制布口袋并装满苞谷
等待春天

母亲几乎没有情绪
一日三餐
是她拿手的酸菜土豆或萝卜咸菜
房顶　菜园　积雪厚重
覆盖我们与世隔绝的生活

麻　雀

雪下得很大很大
很厚很厚
雪把一切都覆盖了
很多麻雀找不到吃的
我担心一些麻雀会饥饿地死去
可我不担心我家院子里的那群麻雀
它们一直在被我妈妈喂养着
我妈妈在喂养三只小鸡的同时喂养着一群麻雀
它们在我妈妈的院子里终年肥胖

在莫干山居图，你是你自己

—— 致女儿六周岁生日

在莫干山居图
午后的时光是随意漂移的运河
你新奇于一只猫安静地自我游戏
追随它的踪迹直到它进入午后的酣睡

我们在流动中相对静止
在高举架的玻璃顶下方
在伸展至整面高墙的巨大书架前
在木质长桌上
你从容施展小魔法
将一只猫的酣睡移植于顾客留言簿上

先是一只红色的软垫
然后是它阅过人心依然乖巧的脸

再是它均匀呼吸的身体曲线

和对现实温柔以触的毛绒爪子和皮毛上

独特的小花斑

我惊讶于你是如何找准它们的位置的

在莫干山居图

你急于脱离我做一个社交个体

你穿梭在大人们中间并把他们之间的空隙填满

你拥抱每一个人,希望把他们带回原初的食欲

在一个陌生的小男孩面前,你做了成熟的姐姐

接受崇拜,回应并安慰他的呼唤

你显得安心又愉悦

人人都赞美你的茁壮

你轻松穿越山色,穿越冬雨,穿越人间空隙

你欢快的双腿蓄满疯长的力量

抵挡我刚刚起意的关于你成年的想象

女王的宝座

—— 致女儿

在雨天她不能出门
她用积木搭了高高的女王宝座
她说女王是她选择的一只动物
在雨天她驯化一只动物
在雨天她想象着如何创造一个王国
我看见她天真的眼睛从不抱怨天气
我看见她眼睛里有创造者的光
她小心翼翼地呵护着女王的宝座

另一个世界

五岁的小女儿在空气中画了一道门

她假装开门

进入另一个世界

你的猫

你的猫站着
发出轻盈又饱满的双元音
眼神中有单纯的智者的平静
它又挪动身体
迈着优雅的步子
它在纱帘后面的窗台上缩进自己的命运

四月的阳光膏抹它
它对你的依赖产生于
没有机会比较的随遇而安的惰性
是不幸还是恩典?
它执着地等待你
像期待收藏一块尚待风干的鱼
并准备耐心地忍受可能即将到来的
缺水的干渴

访洞头岛

—— 致晓愚

七月的大海翻滚着曾经沉默的泥沙
彷徨的人类正努力缩减它
以扩大自己的边界

沿着一片溢脂的滩涂
我们尾随水鸟的侧影抵达这座
在海岛上竖起的城市

我们要去向大海献上
诗歌的喉咙
海风像塞壬的歌声
诱惑我们交出心底的孤岛

百岛却在浓雾中隐身

像在隐喻诗人多数时候的沉默
我们
更期待认出一座与自己相似的岛

但深海不吝给予馈赠
比如贝壳博物馆里一件前朝的
螺钿艺术家具
泛着慰藉时间的幽光

在它镶嵌着的一面镜子前
我再一次确认
那个从过去连续不断地穿越而来的自己
作为一个诗人的忠诚

在梦境般的泥泞中
—— 致 XY

你在梦境般的泥泞中
挖掘深陷时间的旧物
怀着痰湿的身体
让你的生活变得越来越难

远离无聊的热闹场面
在长长的来路
你不断地位移

无数的过去的影子和无尽的耻辱
被留在了身后
但它们总是像尾巴一样跟随你
不释放你

他人的情绪也像噩梦萦绕着你
但如果你还梦见爱情
它可能不是暗示
是有限的警示

你的物品涂鸦你的生活
它们是另一种语言
时刻顺从于你又迅疾地反抗你
当你背过身去的时候

有一种执着贯穿你的半生
在你遇见男人的时候
在你遇见命运的时候

只是我们尚未领悟
我们从来不只是自己
我们也是别人的一部分

你有母性的牺牲精神
男人让你变得痛苦不堪
但爱情依旧神圣
你依旧有渴望爱情的权利

亚光速飞船
—— 兼致杨静龙、沈文泉先生

下雨,路灯的光使路面虚渺地上涨
新旧历正在众生的繁复里交替
我们,也刚刚结束一场在南浔的活动而返程
你们都喝了酒,由我驾杨先生的车
你们不得不选择相信我
车外寒冷,我们开着空调
以保持温暖

突然就下雪了
雪迎着我们,旋转着
像无数个闪光的"-"倏倏地往后飞
在我们面前和两旁形成一条时光隧道

时光的浪潮载着我们

我们仿佛乘坐着一艘亚光速飞船
滑进这长长的时光隧道
飞向未知的空旷和遥远

我们嗖嗖地飞过
追赶着时光
耳边是我们和时光的摩擦声
我们都停止了闲聊
此刻我们需要安静
沉默是我们献给时光的和声

楼塔夜行

——兼致崔岩、飞白、半文

小镇是事物以某种方式结合在一起的幻觉。

——安妮·卡尔森

离开喧闹的夜酒席
我们在深夜并肩前行返回酒店
小镇之夜向我们显像
桂花的香气在我们周身起伏
散发着神秘的熨帖
像在赞赏我们
纯粹地做了一回诗人

今天
我们消失于原本的生活
或者完成了生活和诗人的瞬移

我们交换了彼此的感受和隐忧
有时候我们想恣意宣泄
有时候我们担心自己做不好一个诗人
写不好一首诗

雨　欲来又止
像不忍说出我们的蒙昧
在夜的低处
新的赋格曲尚未显露痕迹
但楼塔之夜为我们的并行
又宽阔了一些

你和所有女人一起受伤
—— 致衣巫虞

一夜的雨喧闹不停
你划不着一根受潮的火柴
点不着一根期待燃烧的烟
它的内部拥挤着存在感的骚动

你在黑夜里发光
在雨中你蜷缩成埋葬的山脉
蓝蝴蝶的汁水在你体内燃烧成幽冥之火
你的早晨溢满山中水汽

回到早餐桌前
你的面前挤满生活的气泡
你唯一要做的就是一一戳破它们
以求得更多的生存空间

你和所有女人一起受伤
包括你母亲
在初冬多雨的季节
腐殖质进一步返回体内发酵

你可以喝酒抽烟
你必须自我丰饶
必须坚持获取幸福
并学会如何祈祷

我们不能长久地远行
—— 致衣巫虞

你在礼拜日傍晚抵达这座江南小城
好天气迎接着你
夜色平滑,运送着你
移动你,带你进入这短暂的旅行
我却不太确定这能令你的以后更妥帖

毫无疑问,我们都是好女人
爱情却在我们身上过早地完结
我们都明白我们并不能彼此安慰
夜的埋伏伸手取走了我们的睡眠
又在凌晨四点熄灭了我们昨天的忧伤

好天气尽显友善
但这仍旧是无数灵魂从死亡的悬崖

挣扎着折返的黎明
生活等着我们用耐心去建造螺壳
用沉默螺旋向上扩展容身的空间
我们还年轻,不能无谓地老下去

村庄美学

小村的宁静发出幸福的通告
千年香樟用它的自身祈福
它日夜不停地唱诵着它的祷词
祷词使它枝繁叶茂

秋天的草垛在时间深处回归
闪耀着节日般的丰盛
退场是从时间之幕隐蔽
出场是自若地走回幕前
村庄完成的就是顺应时间的美学

我们偶尔远离自己的生活

我们偶尔远离自己的生活
去观赏一扇扇陌生的门
但并不需要去叩开他们的门扉

一种真实的生活
存在于
我们偶尔抬头的一瞥
而后迅疾地
折返自己

想念一个人

微弱不安的灯火来自河对岸的另一个国度
同样来自那里的风
纠缠着它以外的事物
河水灌溉了我年轻又黏稠的身体

在所有爱过我的人中
我只想念你
我们曾经像两块石头
相互磨砺,变圆润,两败俱伤

往事虚浮地排列在黑暗中
我们取出生命的鳞片
也无法割裂身体和过往
你说"想念一个人,
是想念自己心底最易碎的部分"

咖 啡

—— 仿写卡罗尔·安·达菲的《茶》

我喜欢为你煮咖啡
用笨重的石杵和石钵仔细研磨
花光力气
耐心地等待一壶咖啡慢慢煮开

我喜欢你手捧咖啡的样子
眼神空远又温情
我喜欢问你　加糖还是奶？
我总是问相同的问题　不厌其烦
因为我想和你有这样简单的互动
显得我们的关系非常和谐

蓝山　曼特宁　摩卡　炭烧　翡翠
以各自不同的方式命名

当我吐出它们的音节

仿佛同时品尝了它们的酸甜苦涩

就像蓝山上采摘咖啡豆的女人

采摘最浑圆剔透的一颗又一颗

你爱哪种？我问

我想听到那个名字

但是你说什么都好　随便哪种

我是你的爱人

忍受着

为你研磨　为你煮一壶咖啡

你和咖啡

现在你平静了
一杯咖啡的鼓点
在你的前面暗自涌动
你装作把什么都忘了
你的睡眠
也不过是假寐而已

无话可说

那么,请喝咖啡
请把窗台上的麻雀
和房顶从语言中删除
请给我一个微笑
请安静地
陪我坐坐

去看红蚂蚁

小S,我今天又去看蚂蚁了
草丛里的那一种
比房子里的大
是红色的
爬得很快
小S,你说得对
要有一颗童心
要像小孩子那样想事情
我现在想
我要做草丛里的红蚂蚁
比做房子里的黑蚂蚁好
你说呢

不能再多了

你的生活只能承担一点点琐碎
不能再多了
你疼了　却不能离开

你还记得在夜晚穿梭的树枝
从此寒冷席卷了你的一生
你看见花朵盛开又枯萎
你包容它发生得如此迅速

夜深了
你没说晚安就睡着了
其实不必记得
等黎明降临
对我说早安就好
我必回一个微笑给你
如此又是新的一天

他让一场雨下到他的身体里

黑夜比白昼更懂得雨
更懂得一个男人
和他的一颗柔软的心

他经过雨
经过寒冷
经过城市颓废的灯火
他让一场雨下到他的身体里

感谢你

感谢你
你的微笑我触手可及
神性的光流过你
你被赋予了能力
来爱我
并得到祝福

窥 视

你的睫毛制造着阴影
你的眼里飞着鸟
风拉扯着你的头发和裙袂
你沿着现世的墙提着虚晃的灯笼

危险走在你的前面
紧随其后的仍是危险
我们看似毫不相干
实则去往同一个地方

痛苦永恒
那些经年的委屈
依旧挂在你的睫毛上

你已被等了很久

夜已深

你心意已决

小城今晚无夜色

那里是哪儿
人们慌张地敬酒
心里却空荡荡的
装不进一个陌生人的名字

由于尴尬和酒精过敏
她的脸红了起来
像个熟透的红苹果

人们争论不休
不知道在说些什么
小城今晚已无夜色
她却不能去往别处

活 着

雪一直堆积在村人的眉上
隔壁五十多岁的女人
瘦　皱纹深黑
男人的咳嗽声常常惊动左邻右舍
时至新年
女人和面　下油锅
炸萝卜丸子和干果
男人打牌
输光置办年货剩余的几百块钱
喝粗制浓茶
吸二手烟
继续咳嗽
迷茫又坚挺地活着
有时闭起眼睛
在心里反复购买
春天的种子

存 在

入冬的天空是一张被树枝分割的线形图
几片褐色的叶子　吸纳着日光
寒冷加深　孤独永不被消解

你的手纹从凌乱到渐渐清晰
二十年过去了
你没有过得更好
你疲惫的时候更美

那个新鲜灵动的念头一闪就消失了
你对自己挺失望的
空洞的眼神偶遇一只黄鼠狼
伸直尾巴穿过灌木丛
发出窸窸窣窣的声响

你羡慕它

它似乎总是对这个世界有话可说

无须辩驳地存在着

克 制

她举起手

试图将影子抹去

或者制造影子的高度

在一片灯光忽然造访后

这一切都以失败告终

她的身体肿胀

在旅途和想象中被安慰

她需要爱

海水生出咸湿的晚霞

像初潮殷红

温热的气息涌上来　倒灌她

她以为是梦

我的村庄

我的村庄
有幽冥晴朗的夜晚和
质感细腻的月亮
有河床骨骼的坚硬和贫穷
母亲大过童年的老房子
那里万物生长
听命于卷心的农历

我的故乡下雪了

我的故乡下雪了
那些积攒了许久的细碎
一下子被摊了出来
原野又抬高了一些

我的故乡下雪了
天使的呼吸在那里盛开成为云层
原野又开阔了一些
风吹动着雪聚集的光

我的故乡下雪了
我的那些留守的乡亲啊
一年中他们此时最为富有
一年中他们此时最为轻松

我的故乡下雪了
那些雪干燥又瓷实
正如我爱它的方式
是我们迟缓又愚笨的好理由

我的故乡下雪了
故乡变得丰满
又多情
像在想念我

图书在版编目(CIP)数据

我们要相赠的未来 / 小书著. -- 宁波：宁波出版社，2023.4
ISBN 978-7-5526-4879-9

Ⅰ.①我… Ⅱ.①小… Ⅲ.①诗集-中国-当代 Ⅳ.①I227

中国国家版本馆CIP数据核字(2023)第025681号

我们要相赠的未来
WOMEN YAO XIANGZENG DE WEILAI

小　书　著

出版发行	宁波出版社
	（宁波市甬江大道1号宁波书城8号楼　315040）
责任编辑	罗樱波
责任校对	陈姣姣
装帧设计	金字斋
印　　刷	宁波白云印刷有限公司
开　　本	889毫米×1194毫米　1/32
印　　张	8.125
字　　数	138千
版　　次	2023年4月第1版
印　　次	2023年4月第1次印刷
标准书号	ISBN 978-7-5526-4879-9
定　　价	48.00元

如发现缺页或倒装，影响阅读，请与出版社联系调换，联系电话：0574-87248279